AF193039

Círculo Rojo

AGAPORNIS
La historia del rarito y la pelirroja

AGAPORNIS

La historia del rarito y la pelirroja

Iván Rodríguez Ramos

Círculo Rojo
EDITORIAL

Primera edición: febrero 2024

Depósito legal: AL 24-2024

ISBN: 978-84-1061-384-3
Impresión y encuadernación: Editorial Círculo Rojo

© Del texto: Iván Rodríguez Ramos
© Maquetación y diseño: Equipo de Editorial Círculo Rojo

Editorial Círculo Rojo
www.editorialcirculorojo.com
info@editorialcirculorojo.com

Impreso en España - Printed in Spain

El papel utilizado para imprimir este libro es 100% libre de cloro y, por tanto, **ecológico**.

A María,
por hacerme vivir una historia que merece la pena ser contada;
cuestas y queso siempre serán nuestra felicidad.

Índice

Prólogo 1

La lista y el rarito

Es sábado por la noche. Está sentada en la terraza de un bar de una de las calles principales de Aguadulce y aunque ya es noviembre el benigno clima del mediterráneo permite disfrutar de la velada tranquilamente. Ha salido con dos parejas de amigos a disfrutar de las tradicionales tapas almerienses junto a una cerveza "lo más fría posible".

Es una mujer de cuarenta años, criada en un barrio humilde de Almería dentro de una familia desestructurada. Ha tenido que hacerse a sí misma desde pequeña y la vida le ha forzado a ser sociable por naturaleza. Sus amigos son su mayor apoyo; le encanta vivir cada segundo a tope; disfruta de cada momento; es alegre, divertida, locuaz; necesita expresar sus emociones para que no se le queden dentro. Sus relaciones amorosas han resultado tormentosas y le han llevado a valorar su soledad como algo positivo.

Últimamente algo ha cambiado en ella. Siente que es su momento de encontrar pareja. Ya hace tiempo que terminó con su última relación larga y nota que su cabeza le pide algo más. Se siente muy a gusto consigo misma y con la tranquilidad de su soledad, pero está preparada para arriesgar y empezar algo nuevo.

Ya lo intentó a principio de verano, pero no salió bien. No eran compatibles. Ella es puro nervio, energía, actividad, … y él era una persona metódica que debía tenerlo todo controlado. La situación fue un quiero y no puedo desde el principio que con sus luces y sus sombras terminó por apagarse sin más.

Ahora se ha abierto un perfil en una de esas aplicaciones de citas en las que nunca ha tenido mucha confianza, pero lleva un mes en ella y parece divertido. Ha eliminado a todos sus contactos para que no le aparezcan y ha puesto un radio de más de 100 kilómetros de distancia. Así evita que la gente que cotillea por naturaleza pueda dedicarse a chismorrear sobre su vida, que es algo que no soporta.

Está hablando con un chico de Málaga. Nada serio por el momento, pero quien sabe si podrá aparecer algo en el futuro. Prefiere que sea una persona de lejos de su entorno para que si no sale bien no le rompa ninguno de sus lugares de confianza. Su trabajo, su barrio, su centro deportivo, …

Uno de los integrantes de las parejas es el dueño del centro deportivo al que va a practicar triatlón. Un sitio, que, aunque al dueño no le guste, es lugar de contacto de mucha gente, y da para encontrar relaciones sentimentales. Un sitio donde encontrar una persona que comparta intereses por el deporte y permita crear algo sólido. Diferente a las aplicaciones de citas. El mismo dueño encontró así a la que será su futura esposa y que ahora comparte mesa con ellos.

Pero ella no cree que esa sea una buena idea. ¿Y si sale mal? No quiere por nada renunciar a su centro deportivo donde está encantada con su grupo de triatlón. Le permite hacer todo el deporte que puede y soltar la energía que irradia.

Se coloca su pelo pelirrojo y agarra la cerveza para darle un trago. No suele beber mucho, es más de agua con gas, pero la noche acompaña, la compañía es buena, la conversación agradable y está disfrutando del momento. Decide que es el momento de gastar una broma.

—A ver cuando me encuentras novio —le dice mientras sonríe al dueño del club de triatlón, en tono de broma pues ha hablado mil veces con él que no quiere a alguien del club.

—Pero dónde vamos a encontrar a alguien que te aguante —responde él en tono de broma mientras le devuelve la sonrisa.

—No seas así que allí todo el mundo encuentra pareja y a mí no me consigues nada. Parece mentira que seamos amigos —dice mientras ve la sonrisa cómplice de su amiga médico gallega que sabe que tiene una cita en Málaga dentro de poco.

—Venga, vamos a buscar —dice el novio de la gallega que es roquetero de nacimiento—. A ver si te encontramos un novio y dejas ya de dar por saco.

—Anda roquetero, deja de quejarte que te encanta que os acompañe.

—Mira, aquí tenemos el grupo de wasap del club —dice el roquetero mientras coge el móvil—. Vamos a ver quién está soltero.

—Pues poca opción hay, eh —dice ella riéndose y siguiendo la broma—. Que mira que yo no tengo muy fichada a la gente, pero pocos me llaman la atención.

—Alguno habrá mujer —dice la novia del dueño del club de triatlón que destaca por su larga melena rubia—. Venga vamos a buscar.

El roquetero empieza a leer nombres de la lista de la aplicación de mensajería en la que están los miembros del club que practican triatlón.

—Casado, casado, casado, … ¿qué te parece éste?

—¡Ese! ¡En serio! Qué poco me quieres. No sé cómo está contigo mi amiga —responde la pelirroja.

—Casado, casado, casado, … ¿y éste?

—Ni una, no das ni una. Pero si es feo de más.

—La verdad es que sí. Casado, casado, …

—No, ese ya no está casado. Justo esta semana vino a verme porque lo ha dejado con su pareja —replica el dueño del club.

—Pues es buen chaval —apoya el roquetero.

—Pero si siempre te estás metiendo con él —replica la gallega.

—Porque viene abrigado de más a correr. Cualquiera diría que vivimos en el polo norte en lugar de en Almería.

—Es que es muy raro —contesta la pelirroja.

—Que no mujer —dice la gallega —Yo lo poco que he hablado con él es muy buen niño

—Ves, si no habla, ya te digo yo que es raro.

—A ti te va mejor uno que no hable, si ya hablas tú por los dos —insiste el roquetero.

Risas en la mesa. "Ya está bien con la broma", piensa ella.

—Si esto no va a ninguna parte, si yo no quiero a nadie de mi entorno para que luego salga mal y tenga que decirte que le eches del club —le dice al dueño.

—Pues sí —replica él.

—Nada, que no tengo forma de librarme de ti —contesta el roquetero resignado.

—Venga, vamos a pagar y nos vamos que mañana hemos quedado con la bici —dice mirando a la rubia.

—No, al final no, tía —replica ella—. Que se ha hecho muy tarde, dan viento y tengo que ir a ver a las niñas del club como compiten en Carboneras.

—Vaya, me quedo sin bici —se resigna la pelirroja.

—Pero si has hecho hoy 100 kilómetros —le dice el dueño del club —, que es que eres muy apretada.

—¿Y qué? ¿No hago nada mañana?

—Apúntate a la salida grupal del club, que se ha apuntado el mecánico.

—Pues sí, hoy también he ido con él y siempre está pendiente de mí. Tendré que salir con el grupo.

Coge el móvil, entra en el grupo de mensajería instantánea donde están las salidas de bici y se apunta en la lista. "¡Buf!, pero si va el rarito también" piensa mientras revisa quién está apuntado. Bueno, como van un par de amigos de su confianza, ella se pone cerca de ellos y a disfrutar de la bici.

Prólogo 2

La lista y la pelirroja

Acaban de terminar de cenar en la pizzería de enfrente del Parque de las familias en Almería. Han ido al Auditorio Maestro Padilla a ver una comedia que finalmente ha sido un desastre de chistes escatológicos, racistas y sexistas, fiel reflejo del humor más sórdido y fácil que gusta a la mayoría de la sociedad actual. Al salir de la obra no han encontrado sitio en ningún bar, la mayoría llenos y cerrando cocina. Así que han acabado comiendo pizza.

Es un hombre de cuarenta y cuatro años, criado en un barrio humilde de Madrid dentro de una familia típica de los años ochenta. Ha tenido una vida fluida, consiguiendo las cosas que se proponía casi sin proponérselo. Siempre ha sido una persona familiar, protegido de las pocas dificultades que han ido surgiendo; es callado, serio, irónico, metódico y algo cuadriculado, puntual y con necesidad de tenerlo todo estructurado; le cuesta expresar sus emociones. Siempre ha vivido acompañado y no concibe estar sin pareja.

Hace nada que ha terminado una relación de cinco años, donde no había un futuro común. Un vivir el presente porque era lo único posible en dos momentos vitales diferentes que acaban distanciándose en todos los escenarios. Una relación que empezó de forma tortuosa y que al finalizar deja espacio para nuevas oportunidades.

—¿Y no será muy pronto para que empieces a tener ya otras citas? —le aconseja su amigo que conoció en el trabajo hace siete años y del que se ha hecho inseparable.

—Que va, tío —replica él convencido—. No quiero perder ni un minuto. Voy a disfrutar de cada momento.

—La verdad es que has sido rápido —le replica el otro amigo, profesor de instituto, al que conoció por su compañero de trabajo y con quien ha acabado entablando una amistad que hace que sean como los tres mosqueteros.

Esta misma semana reabrió su perfil de la aplicación de citas. Sin mucha fe, porque ya estuvo hace seis años cuando se divorció y no encontró nadie que fuese compatible con él. Esta tarde estaba aburrido en casa y ha empezado a hablar con una chica. Se han tirado toda la tarde hablando y al final ella le ha llamado por teléfono. Como ninguno tenía planes para el día siguiente han quedado a comer juntos.

—Mira que yo llevo soltero un tiempo y no me pasan esas cosas —le dice el profesor de instituto.

"No es verdad", piensa él. Su amigo es un tipo atlético, guapo, alto, rubio, de ojos azules, … Llama la atención de lejos, y puede tener a casi cualquier mujer, pero es exquisito en la elección y le cuesta encontrar gente afín. No obstante, ha tenido más citas en un mes de las que él tendrá en toda su vida.

—Por quedar a comer con ella no pierdo nada.

—Y si no la bloqueas —le responde su compañero de trabajo, que antes de tener a su pareja actual tuvo un par de malas experiencias por las aplicaciones de citas.

—Eres muy radical.

—Si no la gente no se da cuenta de que no quieres nada.

—Tampoco hace falta ser brusco

—Pues no vamos a andar perdiendo el tiempo a nuestra edad.

Metidos los tres ampliamente en la década de los cuarenta, aunque ninguno lo aparenta, están en ese momento de la vida en el que uno no puede quedarse parado mientras se esfuma el tiempo. Él es el más joven de los tres, tiene cuatro años menos que ellos. Viajes, salidas, deporte, … cualquier momento es bueno para compartir un rato.

De repente le vibra el móvil. Es un mensaje del grupo de mensajería instantánea de las salidas de bici. Se acaba de apuntar una chica a la salida de mañana.

—Mira se ha apuntado la pelirroja del club a la salida de bici de mañana. A ver si puedo acercarme a ella e intento conocerla.

—Ja, ja, ja, … ni que fuera tan fácil —le replica el profesor de instituto.

—Éste se cree que esto es llegar y besar el santo —dice su compañero de trabajo.

—Pues no le queda soltería ni nada —remarca el profesor de instituto.

—Joder, no me lo pintéis tan feo que acabo de llegar —replica él mientras se ríe.

—Pues eso, que lo tienes chungo —dice su compañero de trabajo.

—Bueno, no pierdo nada. Yo salgo con la bici y me divierto y si se da la ocasión…

—Te va a tocar la lotería —dice sonriendo el profesor de instituto.

—Ya veremos —contesta él con actitud positiva.

Nunca ha hablado con esa chica. Han coincidido en varias salidas de bici, carreras de montaña al tótem o entrenos de triatlón, pero ella siempre está rodeada de sus amigos y conocidos porque es muy popular. Él tampoco suele prodigarse en las cervezas de después de las salidas deportivas. Solamente sabe de ella que tiene dos perros, porque se los lleva a correr en las salidas de montaña, y que está soltera, porque un vecino con el que comparte club le contó que querían buscarle novio y que ella no quería.

La muchacha le resulta atractiva. Tiene cuerpo de triatleta y siempre lleva muy planchada su melena pelirroja. Sabe que es extrovertida y dicharachera porque en alguna salida de bici ha participado de las bromas que se hacen a gritos dentro de la grupeta. Total, si puede conocerla no pierde nada.

—Bueno, chicos, me voy que mañana tengo un día duro y tengo que madrugar.

—¡Ja!, ¡ja!, ¡ja! Está a tope —le dice su compañero de trabajo.

—Ya nos contarás —le dice el profesor de instituto mientras le agarra del hombro de forma cariñosa y le sonríe.

—Por cierto, la siguiente obra de teatro que no la elija él —contesta señalando a su compañero de trabajo.

—La verdad es que ha sido mala de narices —contesta su compañero dándole la razón.

—Bueno, hemos hecho algo diferente —responde el profesor de instituto, que intenta poner un toque positivo.

—Y nos hemos reído, aunque haya sido después y no por la obra de teatro —responde él.

Terminan de despedirse y se dirige a su coche. Entra y pone la radio. Es casi media noche, va a dormir algo menos de ocho horas y para él el sueño es sagrado. Así que no pierde tiempo y sale del aparcamiento. Les hace un gesto desde el coche a sus amigos y emprende la marcha hacia Aguadulce por el cañarete, una carretera de acantilados pegada al mar que discurre por la costa y que resulta peligrosa si te despistas.

1

La salida de bici

Son las ocho y veinticinco de la mañana, cinco minutos antes de lo que han quedado. Ha llegado el primero al sitio desde el que salen, una churrería típica de la zona donde se juntan los madrugadores, los trasnochadores, los deportistas, los padres de familia que van a por churros para la casa, … Hoy son pocos en la salida, apenas seis, por lo que con un poco de suerte la gente será puntual y podrán salir en hora.

La ruta de hoy no la conoce, pero tiene buena pinta. En total salen cien kilómetros de bicicleta por carreteras secundarias sin mucho tráfico. Lleva varias semanas sin salir en bicicleta porque se fue a hacer una parte del camino de Santiago el último mes. No debe ser problema porque en la ruta el informático y la pelirroja deben estar más o menos a su nivel y no debería tener problemas para seguir el ritmo. Si no, siempre puede darse la vuelta.

El primero en llegar es el anestesista, padre de dos niños uno recién nacido, está muy fuerte, pero tiene poco tiempo. Será de los que vaya tirando del grupo y pendiente de los demás. Se saludan y se preguntan por el verano porque llevan tiempo sin verse. Esta vez viene sin su hermana, que está de viaje, y que también está siempre montando en bici e igual que él suele ir al principio del grupo marcando el ritmo.

El siguiente en llegar es el agricultor. Otro que está muy fuerte en bici, piensa mientras le ve llegar. El agricultor siempre se pone el primero al principio; le gusta tirar del grupo. Es de esas personas que siempre están animando a los demás tiene mucho nivel en la bicicleta, aunque también se le dan bien la carrera y la natación, pero las dos ruedas son su especialidad. En competición, él no mira para atrás para pedir ayuda, tira a muerte y quien puede que vaya con él.

Al poco aparece también el informático, que hace la típica broma de que hoy hay mucho nivel en el grupo y que tendrá que ver si puede aguantar el ritmo. Es una verdad a medias, pues, aunque es cierto que hay nivel, seguramente será el ritmo de la pelirroja lo que termine determinando la velocidad a la que vayan.

El mecánico y la pelirroja aparecen juntos. Llegan cinco minutos tarde y ella se excusa. De momento ni le ha mirado; "agua en el primer contacto visual" piensa el rarito.

El grupo empieza a rodar y se ponen de dos en dos. El agricultor y el anestesista se han puesto en cabeza del grupo; detrás les siguen la pelirroja y el mecánico que siguen hablando como si la salida de bici fuera un paseo para ir contándose la vida; atrás se han quedado el informático y el rarito, que van hablando de las salidas de bici que han hecho durante el verano.

La primera parte de la ruta no es especialmente bonita. Hay que cruzar el final del bulevar de Aguadulce y el bulevar de Vícar entero. Son dos calles llenas de rotondas, con algo de tráfico pese a ser domingo y con agujeros en la calzada que obligan a ir pendiente. El rodar en grupo ameniza un poco el trayecto mientras van pasando por edificios destartalados, cambiando de uno a dos carriles y viceversa de forma recurrente en una clara muestra del despropósito del urbanismo español.

Rodar por esa parte les lleva algo más de media hora, las posiciones del grupo no cambian y las tres parejas que salieron de inicio continúan contándose las diferentes peripecias entre ellos. Segunda opción de aproximación, agua.

Al final del bulevar de Vícar toman una rotonda que los lleva por debajo de la autovía hasta una vía de servicio. Tras atravesar el túnel, se encuentran con una segunda rotonda que tiene un fuerte desnivel y que siempre provoca que el grupo se descomponga un poco. Al reagruparse se recompone la composición de los seis ciclistas. El anestesista y el agricultor continúan abriendo el grupo con un rodar fácil que demuestra que no tienen que esforzarse para mantener el ritmo que están llevando. En la segunda posición se han colocado el rarito y el mecánico, que inician conversación trivial sobre el verano, lo en forma o no que están y la típica charla de bicicleta de compañeros de club. Cerrando el grupo van ahora el informático y la pelirroja, que le está haciendo un interrogatorio sobre su vida, como le va con la familia y un amplio repertorio de preguntas que muestran lo fluido de su conversación habitual. Tercera opción de aproximación también fallida.

Ahora van por una vía de servicio paralela a la autovía. El paisaje ha mejorado bastante, pues, aunque tienen la autovía pegada a mano izquierda, en el lado derecho pueden disfrutar de las vistas de las últimas estribaciones de la Sierra de Gádor que se extienden hacia El Ejido. La montaña y los parajes naturales siempre dan un atractivo a cualquier ruta y si puede ser en bicicleta mejor.

Por esa zona se han gravado varias películas de cine de acción en la década de los ochenta cuando ya Almería tenía una gran industria del cine. El peñón de Bernal se erige a la derecha ante ellos, desafiante para una ruta de bicicleta de montaña con su paisaje desértico y escarpado. Pero esa es otra historia que merece ser contada.

La vía de servicio está mejor asfaltada que las calles anteriores, lo que permite ir un poco más tranquilo sobre la bici. Igualmente, al ser domingo no hay mucho tráfico, pues esa vía da fundamentalmente a invernaderos, cooperativas y otras empresas auxiliares del campo que no están abiertas. El día despejado típico del otoño almeriense ayuda a que el recorrido sea aún más agradable.

Con ritmo tranquilo llegan hasta El Ejido y se adentran en su bulevar, otra calle que tampoco deja en buen lugar a la planificación urbanística, si bien es algo menos tosco que los dos anteriores. Semáforos, rotondas, algo de gente por la calle, árboles en los que se puede escuchar el canto de los pájaros mientras la ciudad se va despertando.

Uno de los semáforos les pilla en rojo y el grupo tiene que parar. Es el momento ideal para un par de chascarrillos que se cruzan a voces entre la primera y la última fila. Que si vais muy fuertes; que si te quejas de vicio, … conversaciones típicas entre las que el rarito aprovecha para lanzar una mirada de reojo a la pelirroja que está en la fila de detrás en diagonal. No hay contacto visual, la cosa sigue pintando mal.

El semáforo se pone en verde y el grupo reemprende la marcha. Es el momento de volver a calar las zapatillas, algunos con destreza y otros con más pena que gloria. Se va escuchando el clic, clac, de las botas de ciclismo enganchándose en los pedales y poco a poco se va recuperando el ritmo de antes de la parada.

Unos cuantos edificios más, algunas rotondas, un par de semáforos, y salen de El Ejido por la antigua carretera nacional camino del desvío que les llevará dirección a Balanegra. Es un día sin aire, lo cual implica un poco más de calor, pero se agradece a la hora de no tener resistencia contra la que avanzar en la bicicleta.

El paisaje vuelve a cambiar al adentrarse en una carretera paralela a la vía de servicio de la autovía que se adentra en ese mar de plástico, que igual resulta muy bonito cuando uno ve los invernaderos desde un cohete en el espacio o desde un avión cuando viene a pasar las vacaciones al Cabo de Gata, pero que resulta cansino para transitar por él de continuo.

Entre invernaderos y cruces, el grupo vuelve a cambiar su composición. El anestesista ha bajado hasta el mecánico para comentar por donde van a tirar cuando lleguen a Adra y el rarito se ha quedado con el agricultor en cabeza de grupo, mientras la pelirroja vuelve a compartir camino con el informático. Nueva conversación sobre las sensaciones de fuerza y lo que se ha hecho en verano y cuarta opción de aproximación fallida. ¡Agua!

Tampoco se puede decir que sea mala suerte, porque casi nunca han compartido fila en la grupeta y lo normal es que uno vaya colocándose al lado de las personas con las que tiene más afinidad. Especialmente la pelirroja quien aprovecha cada kilómetro de la marcha para hablar con el compañero que tiene al lado y hacer que el rato de bici pase de una forma más amena mientras va socializando. En esta ocasión le está contando al informático la salida de ayer de cien kilómetros, que tiene las piernas muy cargadas y que cuando lleguen a la subida de Río Chico se va a dejar llevar y que "quien quiera que se apriete" que ella ya llegará. El informático asiente y le dice que no se preocupe que él se queda con ella que no tiene prisa.

Tras cruzar la autovía del Mediterráneo por un puente, inician un rápido descenso hacia Balanegra, donde el grupo debe tener cuidado con un par de *stops* en los que hay poca visibilidad. Las vistas al fondo combinan el mar de plástico con el mar Mediterráneo, animando con una nueva percepción visual mucho más agradable.

Al terminar la bajada, cruzan el pueblo de Balanegra y toman la carretera que se dirige por la costa hacia Adra. Antes de llegar a este pueblo marinero, el grupo se desviará hacia la derecha, alejándose del mar para ir hacia Berja, destino desde el que volverán a El Ejido por la sierra en lugar de deshacer el camino por la costa. Los ciclistas siempre prefieren buscar rutas circulares para amenizar el recorrido lo máximo posible.

En esta ocasión, el rarito se ha quedado en cabeza y se une a él el anestesista; el agricultor es quien va ahora al lado de la pelirroja diciéndole que está hablando mucho y que debería darle menos a la lengua y más a las piernas. El mecánico se ríe desde la parte de atrás y aprovecha para recalcar que ya se lo dice él en cada salida, "si puedes hablar, es que puedes ir más rápido". A pesar de que han vuelto a cambiar las posiciones del grupo, la suerte sigue sin acompañar al rarito. Quinta opción de acercamiento, y nada de nada.

La carretera que se dirige por la costa hacia Adra tiene poco tráfico, lo que les permite disfrutar de un rodar tranquilo con vistas a la playa. No van despacio, pero tampoco deprisa. Disfrutan del sol, del mar, de la pequeña brisa, … todavía es temprano y el calor no es excesivo, aunque parece que hará un día de mucho calor por el color azul intenso del cielo.

El rarito no conoce esta parte de la ruta. Había llegado varias veces hasta Balanegra, pero de ahí siempre daban la vuelta por Balerma para volver al punto de origen. En esta ocasión la ruta es más larga. Nunca ha hecho más de 100 kilómetros, así que esta ocasión será especial. La parte del recorrido que viene ahora, y que no ha hecho nunca, le han comentado en varias ocasiones que es muy bonita, lo cual es otro aliciente para la salida de bici.

2

Primer contacto

Al llegar a La Curva, justo antes de entrar en Adra, el grupo gira a la derecha, abandonando la carretera que sigue por el litoral. Ahora toman la carretera de Río Chico que los llevará hasta Berja en las primeras estribaciones de la Sierra de Gádor. Esta carretera tiene menos tráfico aún que la anterior y resulta ideal para disfrutar de la bicicleta. Aprovechando el poco tráfico y que viene un rato de subida, el grupo decide que se trata de un "tramo libre" y que cada uno subirá al ritmo que mejor le vaya, reencontrándose al llegar arriba.

La pelirroja está tranquila. En las rutas siempre tiene algún amigo que se queda con ella. Ayer, por ejemplo, en la salida que hizo con el mecánico y otros amigos, se quedaron con ella todo el tiempo. Nunca la dejan sola. Además, el informático ya le dijo que se quedaría con ella, así que alguien tendrá para llevar una conversación.

—Venga, empezamos la subida. Cada uno a su ritmo —grita el anestesista al tomar las primeras rampas que pasan por debajo de la autovía del mediterráneo cruzándola por tercera vez desde que emprendieron la marcha.

—Pelirroja, hoy voy a apretarme. Nos vemos arriba —le dice el mecánico mientras suena el cambio de su cadena al subir piñones para afrontar las rampas con mejor cadencia.

—Claro, nos vemos arriba —piensa ella confiada de que el informático se quedará a su lado.

El agricultor pone su típica posición cómoda encima de la bicicleta y con ágil desarrollo empieza a ejercer más fuerza sobre los pedales para seguir al anestesista y al mecánico. Parece que hoy todo el mundo quiere probar sus piernas en la subida para ver cómo están y los piques cuando va gente fuerte son parte de ese ego masculino que necesita reafirmarse en cuanto que encuentra forma de competir. Incluso el informático, que parecía que no iba a forzarse, ha salido detrás de ellos para ver si puede seguirles el ritmo.

La pelirroja ve como todos se marchan y se queda sola con el rarito. En su cabeza aparecen sus amigos ayer sacando el nombre y ella piensa en que si se queda sola con él van a tener risas para rato a su costa. "¿Cómo es posible? Si nunca me dejan sola" piensa para sí misma. "Afortunadamente seguro que el rarito también se marcha" se consuela a sí misma.

—Me quedo contigo —dice el rarito, que ha visto la oportunidad que lleva esperando toda la mañana para compartir un rato con ella.

La pelirroja palidece por momentos al ver como los astros se alinean en su contra. El rarito que lleva mucho tiempo sin coger la bicicleta y que va a hacer su ruta más larga no tiene ninguna intención de apretarse. Sexta oportunidad de aproximación, tocado. Sin duda tenía que ser múltiplo de tres a la que fuese la vencida.

—No, no hace falta —le contesta la pelirroja que no tiene ninguna gana de llevarle a su lado durante la subida.

—Sí, si no quiere apretarme hoy —insiste él.

—Por mí no te preocupes —se resiste ella.

—No, si me va bien, llevo mucho tiempo sin coger la bici y la ruta de hoy es muy larga —continúa justificando él.

—Pero que yo voy a ir muy lenta —replica ella buscando argumentos a su favor.

—Genial, así guardamos fuerzas —responde él dándole la vuelta al argumento mientras dibuja una sonrisa en su cara.

La pelirroja, viéndose acorralada, empieza a ponerse nerviosa.

—Que no, que no te quedes —le replica casi gritando.

—Mujer, así subimos acompañados —responde él.

—Que no hace falta —insiste ella.

—¿Sabes el camino? —pregunta él.

—¡Claro! —responde ella viéndose salvada por un momento.

—¡Perfecto! —replica él, mientras a ella vuelve a cambiarle la cara —Porque yo es la primera vez que voy por aquí y no sé por dónde es, así que me quedo contigo que ellos van muy deprisa y así no me pierdo.

Y hundido. La pelirroja se da por vencida. Ya no se ve al resto del grupo que, mientras ellos iban discutiendo si se quedaban juntos o no, ha continuado la marcha de forma veloz y ha desaparecido carretera arriba. Si él no sabe el camino, no le queda otra que aguantarle hasta arriba. "Al menos no iré sola" se consuela mientras le mira con cara de resignación.

—El camino es muy bonito. Ahora tomamos un cruce a la izquierda y nos metemos por una carretera por la que no va nadie.

—Sí, me han dicho que está muy bien.

—Yo he hecho esta ruta un par de veces. En la *Koppert*, que es una marcha cicloturista muy chula.

—He oído hablar muy bien de ella, pero no participo en cicloturistas.

—¡Ah!, ¿no? —Si ya decía ella que era rarito piensa.

—No, me parecen peligrosas porque hay muchos parones.

—Eso es verdad —reconoce ella que ha tenido varios sustos en ese tipo de pruebas.

Los dos ciclistas llegan juntos hasta el cruce a la izquierda para tomar la carretera secundaria que va por Río Chico. "Ten cuidado con este cruce que es peligroso" le indica ella, que es enfermera y piensa que lo último que le falta es un accidente y tener que atenderle.

Al girar a la nueva carretera el paisaje cambia por completo. Lejos ya de los dos mares, se han adentrado en una zona de montaña, que, sin tener la frondosidad del norte de España, resulta acogedora. Árboles pequeños que se extienden a lo largo de la montaña que tienen a mano izquierda, mientras que la colina del lado derecho les da sombra, lo que se agradece a medida que va apretando el calor. Son las diez de la mañana y el sol empieza a tomar fuerza.

A pesar de que la carretera es estrecha y con curvas, la ausencia de coches ayuda a que la pareja vaya en paralelo. Desde que se quedaron solos no han parado de hablar. La conversación es fluida y se van contando cosas el uno al otro sin parar. Tienen más en común de lo que ninguno de los dos había pensado y ambos se sorprenden gratamente.

—¿Y tú de qué trabajas?

—Yo soy enfermera. ¿No lo sabías?

—No.

—Pero si a mí me conoce todo el mundo —dice ella mientras esboza una sonrisa.

—Algo me dijeron una vez que mi hijo fue al hospital por una rotura de clavícula.

—Sí, ¿cómo fue?

—Con la bici de montaña, en el circuito de motocross.

—Vaya, ¿está ya bien?

—Sí, sí, ya está bien.

—¿Y tú de qué trabajas?

—Trabajo en una entidad financiera.

—¡Banquero!

—No, empleado de banca.

—¿No es lo mismo?

—No, el banquero es el dueño —dice él mientras se ríe y ella le devuelve la sonrisa.

Y así continúa la conversación, mientras van pasando los kilómetros sin que se den cuenta. La pelirroja empieza a pensar que ha sido una suerte que se quedara el rarito a su lado. El rato está siendo mucho más agradable que si se fuese sola y la subida debe llevarles casi una hora.

—En nochevieja voy a Praga con gente del club —dice la pelirroja en un momento dado sin saber muy bien por qué.

—Sí, a mí me lo dijo el otro día el dueño del club que iba a haber viaje a algún sitio y que si me quería apuntar.

—¿Sí? —dice la pelirroja sorprendida.

—Sí, pero me dijo que todavía no estaba decidido el destino.

—Pues ya está decidido que es Praga.

—Yo en Praga no he estado.

—Dile que te meta en el grupo de wasap.

—Me dijo que me iba a unir.

—Se le olvidará. Tiene muchas cosas en la cabeza y es un desastre organizando.

—Tendré que recordárselo, sí.

Es cierto que el dueño del club le había dicho hacía unos días que se iban de viaje de fin de año a alguna ciudad europea, pero en ningún momento había mencionado que fuese la pelirroja al viaje. La verdad es que estaría bien compartir viaje tal y como está yendo la salida de hoy.

Mientras siguen rodando, la conversación va derivando en temas intrascendentes, y, sin embargo, ninguno de los dos se da cuenta de que el tiempo va pasando. Más que montar en bici, es como si estuvieran en una mesa tomando café de forma distendida.

—A mí me encanta el café —dice ella.

—Yo no tomo —replica él.

—Pues yo unos seis al día —replica ella, mientras piensa que un poco raro sí que es "¿Cómo puede haber alguien a quien no le guste el café?".

—Yo tomo leche.

—¿Sola?

—Sí.

—¡Qué sosa!, ¿no?

—¿Sabes a qué sabe?

—¿A qué?

—A leche —responde él mientras se ríe.

—¡Qué tontería! —dice ella, mientras se da cuenta que ha quedado un poco borde la contestación—. A mí me encanta el queso.

—A mí también. Pero lo como poco.

—¿Por qué?

—Por salud.

—Pero si es muy sano.

—Tiene mucha grasa.

—Pero es grasa saludable.

—Ya, pero prefiero evitarla, que soy propenso al colesterol.

—El queso no da colesterol. Yo como mucho y no tengo problemas de salud.

—Yo lo dejo para las ocasiones especiales.

—Yo siempre tomaría queso.

Y continúan la ruta mientras pasan por unas casas que hay en la carretera y que no pueden llegar a considerarse pueblo. Una de esas aldeas pérdidas que traen recuerdos de tiempos pasados. El entorno continúa sorprendiendo al rarito, que nunca había estado por allí y que piensa que la gente tiene tesoros naturales muy cerca sin saberlo. Al final, entre autovías, carreteras y ciudades uno puede encontrar pequeños vestigios de naturaleza que se resisten a ser colonizados por el malentendido progreso.

Llegan a una primera rotonda que marca dirección a Berja.

—¿Derecha? —pregunta el rarito.

—No, no es por ahí.

—¿No vamos a Berja?

—No, hay que seguir dirección como si fueses al pantano de Benínar.

—Genial —responde él.

Antes de llegar a la siguiente rotonda, les adelantan un par de ciclistas que van a todo ritmo. Al rarito le parece que uno de ellos es el vecino que le ha hecho la biomecánica, pero pasan tan rápido que solamente da tiempo a saludarse entre ambas parejas. Los ciclistas que les acaban de adelantar toman la salida hacia Berja.

—Ahora sí tomamos la salida, ¿no?

—No, no, seguimos hacia el pantano.

—¿No vamos a Berja?

—No, es dirección al pantano. Se va por otro sitio.

—¿Seguro?

—Sí —dice la pelirroja totalmente convencida de la ruta.

De repente suena el teléfono de la pelirroja.

—¿Sí?

—¿Dónde estáis? —suena la voz del mecánico al otro lado del teléfono.

—Acabamos de pasar por San Roque.

—¡Ah, vale! Pues ya estáis al lado. Nos hemos venido a la plaza.

—Venga, ya vamos.

Parece que ya queda poco para llegar y se va a acabar la andadura en solitario de la pareja. El rarito está encantado con la conversación y no tiene ninguna gana de llegar. En el momento en el que lleguen al grupo se acabará la intimidad de la que han dispuesto durante estos kilómetros. Ahora llegan al desvío que se toma hacia el pantano.

—Ves, ahora ya no vamos al pantano. Giramos por esta carretera.

—¿A la izquierda? —pregunta el rarito extrañado

—Sí, a la izquierda.

—Pero nos vamos a alejar de Berja ¿no?

—Claro, ahora vamos a Adra.

—En la ruta que se puso en el grupo ponía Berja.

—Ya, pero no llega a pasarse por dentro. Nos desviamos hacia Adra.

—¿Seguro?

—Sí, que esta ruta ya la hice yo en la *koppert* y después desde Adra ya se vuelve.

—Ok.

El rarito tiene dudas. Cree que se están equivocando y que han quedado en Berja para volver por Dalías, pero prefiere no insistir. Está muy a gusto hablando con ella y si van a Berja terminará ya su conversación. Total, pueden seguir un poco más a ver dónde llegan. Él no tiene ninguna prisa.

Ahora toman una bajada que pasa por un nuevo grupo de casas. La carretera es rápida y con curvas cerradas. Al terminar la bajada se ve la carretera que se adentra por todo el paraje, en un continuo sube y baja hacia adelante, con algunos cortijos, árboles y más verde del que cabría esperar.

Es sorprendente un entorno natural tan verde en Almería, donde la mayoría de la gente piensa que solamente puede verse desierto y playa. El rarito está encantado con las vistas que tiene, además de la compañía que ayuda a que todo parezca aún más embriagador.

3

Perdidos

Al iniciar una nueva subida, el ritmo vuelve a permitir que la pareja se coloque en paralelo.

—Es muy poco rato. Son dos cuestas y llegamos —dice la pelirroja.

—Muy bien. A mí me encantan las cuestas.

—¡Yo las odio!

—Pero si son lo mejor del ciclismo.

—Yo prefiero el llano, que se va más tranquila.

—Las cuestas permiten hablar más.

—Depende de la cuesta.

—Eso es verdad —le admite él.

Mientras la pareja va avanzando, el sol sigue tomando altura y fuerza en el cielo. El día está totalmente despejado. Es un día espectacular que en cualquier otro sitio de la geografía española es raro que se dé fuera de la estación veraniega. En Almería, pese a que la gente de allí considere que el verano termina cuando acaba la feria, los días calurosos pueden alargarse casi hasta la llegada de la Navidad.

Terminan de subir la primera cuesta y afrontan una pequeña bajada en la que se ponen en fila para no correr riesgo con la velocidad. Rápido termina la bajada y vuelven a empezar a subir. Al fondo se ve una curva donde gira la carretera y se pierde la visión de hacia dónde va. El teléfono de la pelirroja vuelve a sonar.

—¿Sí?

—¿Dónde estáis? —se oye la voz del mecánico al otro lado de la línea.

—Casi llegando. Nos queda una cuesta.

—Venga, venga, aquí os esperamos. Pero no tardéis.

—Ciao —dice la pelirroja mientras cuelga y se dirige hacia el rarito —Están preocupados por mí.

—Normal.

—Me cuidan lucho. Nunca me dejan sola. Lo de hoy ha sido muy raro.

—Bueno, lo estamos pasando bien.

—Sí, y la ruta es preciosa.

—A mí me está encantando —dice el rarito mientras aparta la vista de la carretera y mira a la pelirroja. Ella sonríe y no contesta.

Llegan a lo alto de la cuesta y desde la curva se ve un cortijo dentro del valle.

—Mira ese cortijo es de un compañero de trabajo que es del club.

—¡Qué buen sitio!

—Él fue quien me acompañó en la *koppert*.

—Suena muy chulo.

—Fuimos hablando todo el rato.

—¡¿Qué raro?! —replica el rarito mientras sonríe.

—¡¿Qué quieres decir?! —dice ella mientras también sonríe.

Dejan el cortijo a la izquierda y llegan al fondo de la cuesta. En el horizonte vuelve a haber una nueva bajada y subida donde nuevamente desaparece al fondo la carretera sin que se vea final.

—Ya casi tenemos que estar dice la pelirroja.

—Pues yo veo otra cuesta.

—Ya solamente debe quedar esa.

—Lo mismo dijiste hace dos.

—En serio, que ya no puede quedar mucho.

—A mí me da igual, si me encantan las cuestas.

Ella sonríe y sigue pedaleando, mientras empiezan a subir de nuevo. No son pendientes muy largas, pero les llevan sus cinco minutos. Tras subir vuelven a bajar. Al llegar al final de la siguiente cuesta vuelve a aparecer otra bajada con otra subida al fondo nuevamente sin rastro de civilización.

—Esto es un *déjà vu* —dice el rarito.

—Pues esa tiene que ser la última cuesta.

—¡Ja! ¡Ja! ¡Ja! ¡Eso dijiste hace tres!

—Ya tiene que ser la última; te lo prometo.

Vuelve a sonar el teléfono de la pelirroja.

—¿Sí?

—Pelirroja, ¿dónde estáis? —nuevamente el mecánico más impaciente que nunca.

—Ya casi llegamos.

—¿A dónde? No podéis tardar tanto.

—A Adra.

—¡Estamos en Berja!

—¿Cómo?

—Si te dije que os esperábamos en la plaza.

—Pensé que era la plaza de Adra.

—Si vamos a Dalías para volver por El Ejido.

—¿En serio?

—Claro, lo pusimos ayer en la ruta.

—Yo pensaba que volvíamos por Adra. No leí mucho la ruta.

—Anda, venid que os esperamos aquí.

La pelirroja cuelga el teléfono y mira hacia el rarito con cara de incredulidad.

—Nos hemos perdido.

—¡Ja! ¡Ja! ¡Ja! Lo sabía.

—Era dirección Berja.

—Pues nos hemos desviado bastante.

—Nos están esperando. Dicen que volvamos.

—Vamos pues.

La pareja da la vuelta y empieza a deshacer el camino equivocado. No han mirado el mapa, pero estaban prácticamente en Adra. No son muchos kilómetros, apenas deben ser cinco, pero con sube y baja continuo van a tardar un rato en deshacer el error. Cuando están terminando la primera cuesta de vuelta, vuelve a sonar el teléfono de la pelirroja.

—¿Sí?

—Vamos a ir saliendo despacito, que la gente tiene prisa —dice el mecánico—. Ahora nos cogéis.

—Vale

—Nos vemos ahora.

—Venga.

La pelirroja se lo cuenta al rarito.

—No vamos a llegar a cogerles —dice él haciendo un cálculo rápido de los ritmos que llevan, distancia, cuestas, ...

—Si estamos al lado.

—Claro, una cuesta más —dice él mientras se ríe, sabiendo que se le da bien calcular y que será imposible que los alcancen.

—Vaya —dice ella avergonzándose.

—Tenemos varias cuestas y aunque ellos vayan despacio irán más rápido que nosotros.

—Sí, llevas razón.

—Llama al mecánico y dile que no nos esperen que vamos a nuestro ritmo y que yo te acompaño.

La pelirroja le hace caso y vuelve a sacar el teléfono para llamar al mecánico.

—No nos esperéis. Me acompaña el rarito.

—Vale. Cualquier cosa me llamas y me doy la vuelta.

—Venga.

—Y avísame cuando llegues.

—Claro.

La pareja reemprende la marcha, subiendo de nuevo por una de las cuestas que anteriormente habían bajado. Pasan cerca del Cortijo del compañero de trabajo de la pelirroja y toman una nueva bajada. Cuando llegan abajo y van a empezar una nueva cuesta el rarito se gira hacia ella y le dice "Venga, que ya solamente nos queda una cuesta". Ella le mira y sonríe. Le extraña lo bien que lo está llevando. Se han perdido y aun así está de buen humor.

—Lo siento mucho —dice ella.

—Yo estoy encantado. Me está pareciendo preciosa la ruta.

—Pero te he perdido.

—El camino es muy bonito y estamos pasando un rato agradable.

—Sí, pero vas a llegar tarde.

—Da igual. No tengo prisa.

—¿No?

—He quedado a comer, pero si hace falta lo anulo.

—No, no, … nos da tiempo a llegar. Vamos.

—Si hace falta parar, paramos. Podemos comer por el camino.

A ella le entra pavor al oír eso. Primero se quedaron solos. Ahora se han perdido. Si se quedan a comer y se enteran sus amigos las bromas van a ser tremendas.

—No, no, que tú has quedado —se apresura a responder ella.

—Puedo cancelarlo. No es importante.

—Venga, que nos da tiempo a llegar —responde la pelirroja tan optimista en sus cálculos de tiempo como suele ser siempre.

—Llevo un plátano. Si nos vemos sin fuerza paramos en algún sitio y compartimos.

—Vale.

El rarito ha quedado a comer con la chica de la aplicación de citas, pero la verdad es que no tiene ningún especial interés. Sabe lo difícil que es conocer a alguien que encaje con uno y más a través de una aplicación de citas. Lo está pasando genial con la pelirroja y ha encontrado alguien con intereses comunes, sentido del humor similar al suyo, conversación fluida, … no está dispuesto a cambiar esto por una cita que seguramente será un desastre.

Terminan de subir y ahora toca bajar. A lo lejos se ve una nueva cuesta de vuelta. "Mira, la última cuesta" bromea de nuevo él, a lo que la pelirroja responde con una nueva sonrisa.

Tras treinta minutos y cinco cuestas, están llegando a Berja. Son las once y media de la mañana y el sol ya aprieta de verdad. No les queda mucha agua porque no contaban ni con llegar tarde ni con una distancia tan larga. Pero tienen un plátano.

—Paramos a comernos el plátano —dice el rarito.

—No, que tienes prisa —responde la pelirroja.

—Nos vamos a quedar sin fuerzas y será rápido. ¿podemos parar en la plaza del pueblo que es muy bonita?

—Venga.

A la entrada de Berja se encuentran una nueva cuesta. La pelirroja que ya está hipoglucémica, se acuerda del plátano que han dicho de tomarse.

—Vamos a parar ya mejor que en la plaza.

—¿Y eso?

—Creo que llevo un bajón de azúcar.

—Pues no se hable más.

Frenan y se descalan para bajar de la bicicleta. Se sientan en el bordillo de la acera y él saca un plátano del bolsillo trasero izquierdo de su maillot; lo parte y le da la mitad a ella.

—Mira que siempre suelo llevar yo también un plátano —dice ella al ver que tendrán medio cada uno.

—Sí, yo siempre llevo plátano. No me gustan los geles, barritas y otros preparados.

—Sí, mejor comida natural —dice ella que sigue viendo puntos comunes con el rarito al que no quería conocer.

El rarito aprovecha el descanso para escribir a su cita un mensaje de wasap. "Imposible llegar a comer a la una. Se ha complicado la ruta de bici. Posponemos a las tres". "Claro, sin problema" le llega el mensaje de contestación al momento. La pelirroja y el rarito terminan cada uno su medio plátano y reanudan la marcha.

—En serio que podemos comer en cualquier sitio sin ningún problema —insiste él.

—No, que has quedado y no te quiero estropear tus planes.

—Vale, no te preocupes que ya he avisado que llego tarde.

—Que desastre y todo por mi culpa.

—Bueno, la ruta ha merecido la pena.

—Lo bueno es que ahora es todo llano hasta Dalías.

—No. Desde aquí hasta Dalías vuelve a ser cuesta arriba.

—No, no, que yo trabajé una temporada en Berja y esto es llano.

—Bueno, ahora lo descubriremos —contesta el rarito que está seguro de que la carrera tiene pendiente ascendente hasta Dalías, pero no quiere ponerse cabezón.

La pareja de ciclistas reemprende la marcha con fuerzas renovadas tras haber comido y con la esperanza, en el caso de la Pelirroja, de que las cuestas se han terminado. Pasan por la plaza de Berja, y el rarito aprovecha para señalársela.

—Ves, es muy bonita.

—La verdad es que sí —responde ella—. No sé por qué no la recordaba.

—Yo solamente he estado una vez, pero la vi bien conservada.

—Sí, la verdad es que el centro del pueblo es bastante coqueto.

Terminan de pasar por el centro de Berja y toman la carretera que lleva hacia Dalías. Como esta carretera tiene bastante más tráfico se ponen en fila de a uno. El rarito va en primer lugar dando rueda a la pelirroja para que se le haga un poco más cómodo. Lo primero que aparece es otra cuesta.

—Venga que ya solamente queda una —dice el rarito, en una nueva broma.

—Seguro —dice la pelirroja a la que las cuestas han dejado de hacerle gracia.

Tras terminar esta primera cuesta toman una pequeña bajada y entonces aparece una recta con una pendiente pronunciada que debe durar unos cuatro kilómetros y a la que no se le ve el fin. La pelirroja al ver la cuesta ve como se le marchan las pocas fuerzas que le quedan. Ya el día anterior había hecho cien kilómetros. En esta ruta deben llevar unos noventa y ¡les faltan treinta aún! El rarito, que siente desde delante el decaimiento de su compañera de ruta, intenta animarla.

—Esta vez de verdad. Ésta sí que es la última cuesta.

—No sé cómo sigues de buen humor con la que te he montado.

—Estoy feliz. No te preocupes.

—Yo estaría histérica.

—No pasa nada. Disfrutemos la ruta.

Son las doce y media de la mañana. El sol cae a plomo. Han comido poco. Tienen poca agua. La cuesta se hace interminable. Los dos pedalean, uno detrás de otro, con la cabeza agachada para no ver lo que les queda de subida. Ha dejado de haber conversación. Las fuerzas se guardan para terminar la cuesta.

Al llegar a Dalías hay un pequeño descanso, pero todavía tienen una última cuesta hasta llegar a las antenas que hacen de repetidor de señales. Una vez que llegan arriba se ve al fondo El Ejido. Ahora sí, las cuestas han terminado.

4

Comiendo juntos

"Con cuidado. Las bajadas no nos ponen fuertes" ha dicho uno de ellos mientras empiezan el camino hacia El Ejido. La carretera tiene unas cuantas curvas cerradas, es zona de tráfico y sopla viento; lo mejor es ir con todas las precauciones posibles. Bajan lo más despacio que pueden uno detrás del otro sin salirse en ningún momento del arcén para evitar el tráfico, que si bien no es mucho no suele ir despacio por esa zona.

Cuando terminan la bajada, tienen que volver por el bulevar de El Ejido, enganchando con la ruta que tomaron esta mañana para realizar el recorrido circular. Ahora la pareja vuelve a rodar en paralelo, aprovechando la menor velocidad y los continuos semáforos del bulevar. Es la una de la tarde.

—No vamos a llegar a comer a Aguadulce —dice el rarito.

—Pero tú has quedado —replica la pelirroja.

—No importa. No es nada relevante. Puedo cancelar.

—No quiero que canceles por mi culpa.

—¿O comemos o cogemos un taxi y que nos lleve ya a Aguadulce?

—Yo no cojo taxis con la bici. Eso es de flojos.

—Perfecto. Entonces comemos.

La pelirroja le escruta la mirada con los ojos. Lo ha vuelta a hacer. Cualquiera diría que le pone anzuelos para que vaya picando y no haya más salida que tomar la decisión que él quiere. Siente que cada vez está más dentro de un laberinto al que será difícil encontrar salida.

Casi cuando están saliendo del bulevar de el Ejido ven un bar. Tiene terraza al sol y buena pinta. No va a ser comida de diseño, pero seguro que tiene buenas tapas.

—¿Qué te parece ese bar? —indica la pelirroja mientras señala a la acera del otro lado donde está la terraza puesta.

—Perfecto —responde el rarito.

Paran las bicis, esperan a que no venga ningún coche y pasan por el paso de cebra al otro lado. El rarito deja que llegue la pelirroja primero para que elija sitio. Ella va de forma decidida y ni siquiera nota el gesto de amabilidad por parte de él.

Se sientan en la terraza, se quitan el casco y esperan a que vengan a atenderles. Aparece un camarero que les trae una carta.

—¿De beber?

—Un agua grande —dice el rarito.

—Una cerveza —pide la pelirroja—. Que de repente se da cuenta que está más a gusto de lo que pensaba y que va a disfrutar de la comida.

—Y un acuarius —añade el rarito.

—Ahora mismo se lo traigo.

La pelirroja aprovecha la espera para ir al servicio y mientras el rarito saca su teléfono móvil y escribe por wasap a su cita para cancelar la comida. "No voy a llegar. Se ha retrasado aún más la vuelta y vamos a comer por el camino. Luego te aviso para tomar café. Lo siento mucho". A lo que recibe un mensaje contestando "No pasa nada, podemos dejarlo para otro día".

El camarero llega a la mesa al mismo tiempo que la pelirroja y deja la bebida en la mesa.

—¿Quieren comer algo?

—Yo quiero jibia frita —dice el rarito.

—Yo atún poco hecho —dice la pelirroja.

—Y un plato de queso —le pide el rarito al camarero cuando está a punto de marcharse.

La pelirroja nota el detalle y le mira a los ojos. Es la primera vez que se fija en él de verdad. En la bici tampoco ha tenido mucho tiempo. Y la verdad es que le resulta incluso atractivo. Eso o con las ganas de comer y el queso se le ha nublado la visión.

La conversación continúa siendo fluida mientras esperan a que llegue la comida. Llevan todo el día juntos y no ha habido ningún momento de silencio incómodo. Se sienten muy a gusto uno al lado del otro. El aprovecha un resquicio de la conversación para subir la apuesta.

—Claro, ahora que me he quedado soltero.

—¡Ah!, ¿Sí? —dice ella haciéndose la sorprendida a pesar de que ya sabe desde ayer que lo ha dejado con su pareja.

—Sí, desde hace poco.

—Y tanto porque hace poco me preguntaste por la talla de la bici de montaña que vendo para tu pareja.

—Sí, ha sido repentino.

—¿Y cómo estás?

—Muy bien. Me siento liberado.

—Pero… ¿tendrás que pasar el duelo? —hasta ahora la pelirroja no se lo había ni planteado, pero empieza a ver los problemas que tendría iniciar una relación con él.

—¿Qué duelo?

—El duelo de la ruptura.

—Yo no creo en duelos.

—Pues existen.

—No para mí.

—¿Es que eres de hojalata?

—Un poco.

—Ya veo.

—Yo quiero tener pareja y tengo una edad en la que no quiero perder el tiempo.

—No se pierde el tiempo. Es necesario para estar bien con uno mismo aprender a disfrutar tu soledad.

—Yo ya estoy bien conmigo mismo.

Los dos se cruzan las miradas de forma intensa. Notan que el juego ha pasado a otra fase. La situación cambia. El primer asalto de conocerse lo ha ganado el rarito. Ahora toca el segundo asalto, el de evaluar la compatibilidad que tienen.

Saben que debajo de las palabras que se cruzan hay intenciones. El rarito está poniendo sobre la mesa su interés. La pelirroja sus dudas. Menos mal que el queso ayuda a que el momento sepa mejor.

La conversación vuelve a bajar de nivel a medida que hablan de cómo se han perdido, lo bonito de la ruta, lo inesperado del paisaje, … El resto del grupo ya ha llegado a Aguadulce y lo han puesto en el grupo de mensajería. La pelirroja responde para tranquilizar a la gente que han parado a comer en El Ejido y que están bien.

Acuarius, cerveza, agua, … tras cuatro horas al sol de otoño que parece verano, la pareja no deja de hidratarse. Vuelve a venir el camarero y piden una segunda tapa.

—Se agradece la comida. Venía vacío. —dice el rarito.

—Y yo te quité medio plátano —responde la pelirroja.

—Hay que compartir con los compañeros de salida.

—No tenías por qué la verdad.

—La vida es mejor si se comparte —vuelve a la carga el rarito con palabras veladas.

—Yo soy feliz sola.

—Pero si encuentras buena compañía puedes ser más feliz.

—No quiero a nadie de mi entorno. ¿Y si sale mal?

—¿Y si sale bien? —dice él, mientras muestra la mejor de sus sonrisas.

Ella nota una nueva vuelta de tuerca y tiene la sensación de que el laberinto sigue extendiéndose delante de ella y que acabaran saliendo por la puerta que él quiere. Le mira con sus ojos mezcla de varios colores y se peina el pelo pelirrojo al mismo tiempo. Él no deja de sonreír sacando sus mejores armas a relucir cual pavo real abriendo la cola.

La comida discurre agradable. La conversación salta de un tema a otro. Piden una tercera tapa. Están relajados, sin prisa. Han olvidado que van montando en bicicleta y que todavía les quedan más de veinte kilómetros para llegar a su destino.

Todos los temas que han ido saliendo muestran compatibilidad entre ambos. Tienen formas de pensar muy similares. Podrían tener un plan de vida juntos que sería perfecto. La cabeza de la pelirroja no para de dar vueltas en ese momento. "es el rarito" piensa, "pero no le conocía bien" se responde a sí misma. "Lo mismo no quiere nada" vuelve a pensar, "pero está sacando temas controvertidos todo el rato".

Por su parte el rarito ve como todo sale mejor de lo que hubiera podido predecir. Vale que contaba con hablar con ella, pero no con que se perdiesen. Vale que sabía que tenían algún punto en común, pero no que fuesen tan compatibles.

Todo parece sacado de una película Disney, una comedia romántica, de una novela de época, ... "o de un capítulo de una serie de homicidas" piensa la pelirroja, mientras recuerda la última ficción que ha visto en la que el protagonista estudia a su víctima para conquistarla con falsas artimañas. Que miedo empieza a darle todo.

Ella que no quería a nadie cercano, de su entorno, y está aquí comiendo con el rarito del club. ¡¡Pero qué estoy haciendo?! Se pregunta a sí misma. "Mira que si todo sale mal y me quedo sin mis zonas de confort". Lo ha dicho en voz baja. Si lo hubiera dicho en voz alta, el rarito le habría contestado: "mira que si sale bien y compartes tus zonas de confort".

—¿Quieres algo más? —dice el rarito interrumpiendo los pensamientos de la pelirroja.

—No, que ya te he robado demasiado tiempo.

—Y tenemos que volver todavía.

—Sí, que nos queda un rato.

—¿Pido la cuenta entonces?

—Sí, pídela.

El rarito le hace un gesto al camarero de lejos indicándole que les traiga la cuenta. Al cabo de un rato este aparece con el *tique*. "Con tarjeta, por favor".

—Nunca he entendido porque no traen el datáfono directamente y se evitan un montón de tiempo. Es totalmente ineficiente.

—Totalmente —dice la pelirroja, que también odia la ineficiencia.

El camarero llega con el datáfono. La pelirroja coge el *tique* y se apresura a pagar.

—Pago yo —dice la pelirroja.

—No. Yo te invito —replica el rarito.

—No, no. Yo te he perdido. Deja que por lo menos te invite.

—Bueno, como quieras. —Se rinde el rarito, que ve una oportunidad de aprovechar esta invitación en el futuro —He estado muy a gusto.

—Y yo —reconoce la pelirroja al rarito y a sí misma.

Terminan de pagar y reemprenden la marcha. Vuelven a cruzar la calle, para ponerse en la dirección correcta. Se calan y retoman el camino de vuelta, sabiendo que les queda una hora más o menos.

5

La despedida

Para terminar la ruta se ha levantado viento de media tarde. La pelirroja después de cien kilómetros del día anterior y de los cien kilómetros que acumula en este momento de la ruta de hoy empieza a acusar la fatiga y el viento de levante en contra, no ayuda ni a su ritmo ni a su ánimo.

—¿Nos ponemos en fila de a uno y te doy rueda? —pregunta el rarito.

—Sí, así llegamos antes —responde la pelirroja, que, pese a que preferiría ir en paralelo para mantener conversación, no tiene fuerzas para ello.

En fila de a uno por el arcén de la vía de servicio que discurre pegada a la autovía van desandando el camino que hicieron a primera hora de la mañana. A pesar de haberse hidratado durante la pausa para comer, el sol se encuentra en su punto más alto y escasean las fuerzas.

El camino tiene una ligera pendiente en ascenso con algunos sube y baja. La velocidad de la pareja no es muy elevada, pero con el cansancio y la necesidad de ir en línea, la conversación ha decaído.

—Tendré que decir en el grupo que conseguí callar a la pelirroja —bromea el rarito para intentar hacer el camino más llevadero.

—Tiene mérito, sí —responde ella con una medio sonrisa en la cara.

—A partir de ahora la carretera nos tiene que ayudar.

—Sí, ya queda poco.

—Una cuesta —bromea de nuevo él mientras guiña un ojo debajo de las gafas de sol y mira hacia atrás, en un gesto que ella intuye más que verlo.

Toman la rotonda que los lleva nuevamente por debajo de la autovía, en la última vez que la cruzarán hoy y llegan a una zona más rápida que con una ligera pendiente a favor les permite respirar. Al llegar al bulevar de Vícar él plantea un nuevo dilema.

—Vives en las colinas de Aguadulce, ¿no? —dice él que recuerda haberla acompañado con el resto del grupo en alguna ocasión.

—Sí, ¿cómo lo sabes? —contesta ella que no es consciente de que él iba aquel día en el grupo que la acompañó.

—Listo, que es uno —dice mientras sonríe.

Aprovechando que van por una vía de dos carriles han vuelto a ponerse en paralelo uno al lado del otro. Ya les queda poco y van relajados. Disfrutando de la compañía. Llevan más de cuatro horas juntos y el tiempo ha pasado volando.

—Tenemos dos opciones —dice el rarito, mientras la pelirroja mira con inquietud intuyendo una nueva encerrona—. ¿O te acompaño a tu casa o vamos a por mi coche y te subo?

—No te preocupes, si siempre subo sola —responde ella en busca de una alternativa a la propuesta del rarito.

—No me cuesta nada.

—Estoy acostumbrada.

—No todos los días haces cien kilómetros después de haber hecho otros cien el día anterior.

—Ciento veinte nos van a salir hoy.

—Pues eso.

—Pero voy bien. Me voy sola.

—No voy a dejar que te vayas sola.

—Que tienes prisa.

—Yo decido mi prisa.

—Que no.

—Lo tienes complicado porque no puedes evitar que vaya al lado tuyo. Te acompaño y luego bajo.

—¿Eres siempre tan cabezón?

—Cuadriculado me gusta llamarlo.

—Vamos a dejar tu bici y me subes con el coche —responde ella mientras sonríe—. Así por lo menos te evito otra cuesta.

Nuevamente el rarito parece salirse con la suya para conseguir un rato más de conversación. A la pelirroja, aunque no se lo va a confesar, le encanta que no haya querido dejarla sola. Es un gesto de amabilidad que en esta ocasión no pasa desapercibido.

—Vamos a girar por aquí y bajamos por la rambla de la culebra. Vivo en Torrequebrada.

—Así no tienes que terminar en cuesta cada vez que sales.

—Desde luego, lo de vivir en las Colinas es una putada para la bicicleta.

Ella sonríe, mientras ve que él vuelve a ponerse delante y siguen en fila de a uno por el Parador para coger la rambla de la culebra que los llevará camino de la playa. Cuando llegan a Torrequebrada, ambos se bajan de la bicicleta.

—Subo y bajo con las llaves del coche.

—Vale —responde ella—. Te espero aquí con mi bicicleta.

—Vamos a tirarnos una foto y la mandamos al grupo de mensajería para que vean que hemos llegado bien.

La pelirroja tiene sensaciones encontradas. Por un lado, le gustaría tener una foto de recuerdo de la ruta y el rarito ha sido muy amable durante todo el día con ella. Por otro, si manda la foto al grupo va a tener cachondeo de sus amigos durante un largo tiempo.

—Déjalo —dice ella con tono despreocupado.

—Venga, así ven todos que hemos llegado bien —insiste el rarito que quiere una foto de recuerdo de la ruta.

—Bueno … —consiente ella a regañadientes.

Él saca su móvil, un chino barato que tiene una cámara malísima, y tira un *selfi*.

—Mira —dice mientras le enseña la foto a la pelirroja.

—Estamos horribles. Mejor no la mandes —insiste ella en un último intento por evitar que la foto llegue al grupo.

—Si sales preciosa, mujer.

—Después de cinco horas y media de bici no se puede estar preciosa.

—Es lo que tiene ser ciclista.

El rarito manda la foto al grupo, con un mensaje que dice "Sanos y salvos" y ella empieza a imaginar todos los mensajes que va a recibir con miles de bromas, preguntas, explicaciones, … *Alea jacta est*.

Mientras él sube a coger las llaves del coche, ella revisa el móvil. Mira la foto que ha subido el rarito al grupo y piensa "como fotógrafo no tiene precio", pero al final es un recuerdo y lo mismo la gente lo pasa por alto.

—Es ese azul —dice el rarito saliendo del portal.

—Un SUV.

—Sí.

—A mí me gustan los coches pequeños —replica ella.

—Para llevar ahora la bici nos viene mejor éste —contesta él.

—En el mío pequeño he llevado yo dos bicis —contraataca ella.

Terminan de meter la bicicleta, se suben al coche y ponen su dirección en el navegador. Siete minutos pone que tardarán. Suena el móvil del rarito por el altavoz a través del manos libres. Es el dueño del club.

—Te dije que no era buena idea mandar la foto —le dice la pelirroja—. Te llama por mí.

—¿Sí? —dice el rarito.

—¿Qué pasa, Willy? —le dice el dueño del club desde el oro lado de la línea en su típico saludo.

—Voy en el coche con la pelirroja para dejarla en su casa, que nos hemos perdido y nos hemos pegado un pedazo de ruta increíble.

—Ya he visto. Oye, ¿te acuerdas de lo que te dije del viaje de fin de año?

La pelirroja arquea una ceja mientras mira al rarito con cara de "Ves, te lo dije".

—Sí, me acuerdo.

—Te voy a meter en el grupo de wasap.

—Vale.

—Que ya tenemos destino y vamos a hablar esta noche para comprar los billetes de avión.

—Praga, me ha dicho la pelirroja.

—Sí, bueno a ella no sé si nos la llevaremos —dice en tono jocoso.

—Venga ya, si soy lo mejor del grupo —replica ella riéndose.

—Eso no te lo crees ni tú —replica el dueño del club.

—Venga méteme, que Praga no lo conozco y me apetece mucho —contesta el rarito.

—Venga voy a incluirte y esta noche hablamos para comprar los billetes.

Mientras iban con la conversación han llegado hasta la puerta del garaje de la pelirroja.

—Con la bici entro por aquí dice ella.

—Espera que pare y la bajamos.

Entre los dos sacan la bicicleta de la pelirroja de la parte trasera del coche. Ha llegado el momento de la despedida. Aquí puede quedar todo en una bonita ruta para el recuerdo o en el principio de algo más.

—Muchas gracias —dice la pelirroja.

—Ha sido muy divertido —replica el rarito.

—Pero te he perdido.

—Me lo he pasado genial.

—Yo también.

—Ha faltado alguna cuesta —bromea el rarito mientras se ríe.

—La próxima vez —dice ella.

—Pues sí, te debo dos cosas.

—¿Sí? ¿Cuáles? —pregunta la pelirroja extrañada.

—La primera perderte la próxima vez que salgamos de ruta —dice el rarito al mismo tiempo que continúa con su sonrisa.

—¡Ja!, ¡Ja, ¡Ja! —Se ríe la pelirroja, pensando que sería estupendo repetir una ruta tan divertida.

—Y la segunda una invitación, que hoy has pagado tú —dice el rarito poniendo toda la carne en el asador.

—Era justo que pagase yo —contesta la pelirroja dejando en el aire si aceptará la invitación—. Era lo mínimo después de haberte perdido.

—Pues decidido, te devuelvo invitación algún día.

—Claro —contesta ella siendo amable.

—Venga, que vaya todo bien.

—Adiós.

El rarito se mete en el coche mientras ve darse la vuelta a la pelirroja sonriendo en dirección a su garaje. Ya en el coche piensa que era difícil que la ruta hubiese podido salir mejor. Ni imaginándolo la noche anterior habría podido esperar algo así.

La pelirroja al entrar en el garaje va dando vueltas a la confianza en sí mismo que ha mostrado el rarito al ofrecerle una invitación otro día. ¿Cómo puede ser que le resulte atractivo si antes no se había percatado casi de su presencia? ¿Cómo puede sentirse atraída por una rarito ella que siempre ha sido del grupo popular desde su infancia?

Mientras coge el ascensor para llegar a casa. Le suena el móvil. Es un mensaje de wasap de su amiga gallega con la que cenó la noche anterior. "Cacho perra, ¿qué tienes que contarme?" dice el texto junto con una captura de pantalla de la foto que el rarito mandó al grupo de mensajería instantánea. Estaba claro que el tema no iba a pasar desapercibido.

6

Primeras reacciones

—Qué no ha pasado nada —le dice a su amiga por el teléfono.

—Qué curioso, ¿no?, que ayer salga su nombre y hoy os perdáis.

—Ha sido casualidad.

—Ya, ya, casualidad. —Se oye por detrás del teléfono al novio de la amiga—. Menuda perraca.

—Dile a ese que se calle, que no sabe de qué va el tema.

—¡Ja!, ¡Ja!, ¡Ja!, si está de broma. Ya le conoces.

—Ya, tía. Iba en la bici y solamente iba pensando en las bromas que me iban a gastar tu novio y el dueño del club.

—La verdad es que te espera una buena.

—Hombre, esto no ha hecho más que empezar —se vuelve a escuchar al novio desde lo lejos.

—Dile que no sea tan cotilla.

—Yo se lo digo. Pero entonces … ¿qué?

—Nada, nada. Me ha acompañado hasta casa para que llegase bien y se ha ido.

—¿Y qué te ha parecido?

—Rarito es.

—¿Pero?

—Pero ya te contaré en otro momento que no tengas a tu novio pegado al auricular del teléfono.

—¡Ja!, ¡Ja!, ¡Ja! Vale, ya me contarás.

Está colgando el teléfono cuando le llega un wasap de la rubia. "Sacamos a los perros al parque para que salgan un rato". Esto suena a más explicaciones. "Dadme una hora que descanse y ahora os aviso" responde ella mientras se prepara para meterse en la ducha.

El rarito ha llegado a su casa. Está tumbado en el sofá y de repente le salta una notificación de wasap. "Te han añadido al grupo Fin de año en Praga". Una sonrisa instintiva le viene a la cara al verlo. Entra en el grupo de wasap que tiene con sus dos amigos y les manda la foto que se ha hecho. "Toma de contacto establecida".

A los cinco minutos llega la respuesta del profesor de instituto. Un emoticono con cara de sorpresa. "Cuenta" pone un segundo mensaje. El rarito empieza a contarles que se ha perdido con ella, que han estado comiendo, que se han quedado solos, …

—Eres un cabronazo con suerte —escribe su compañero de trabajo.

—Eso ya lo digo yo siempre —responde el rarito.

—La vida no es justa —escribe el profesor de instituto en una frase que encierra más verdad de la que le gustaría.

—La verdad es que ha ido todo genial. Nos hemos reído muchísimo y somos súper compatibles.

—No te dejes llevar por las primeras impresiones, que luego te ilusionas y … —le corta su compañero de trabajo.

—Está claro que hay que ir con pies de plomo —agradece el rarito el consejo que le ha dado.

—Sí, pero que opciones hay —apunta el profesor de instituto.

—Hay —confirma el rarito.

—¿Y ahora? —dice su compañero de trabajo.

—Vamos a esperar. Tenemos un viaje juntos en fin de año.

—Joder, que deprisa vas —indica el profesor de instituto.

—Bueno, vamos con más gente —matiza el rarito.

—Ya, pero que es una opción muy buena —apunta su compañero de trabajo.

—¿Y la cita que tenías de la aplicación? —pregunta el profesor de instituto.

—Nada. Hemos tomado un té y la chica era maja, pero no había nada de *feeling*.

—Menos mal —dice aliviado el profesor de instituto—. No te va a salir todo a la primera —continúa mientras se ríe.

—¡Ja!, ¡Ja!, ¡Ja! No, sería demasiado —apuntilla el rarito—. Más vale no tentar a la suerte.

—Que bastante has tenido —termina de recalcar su compañero de trabajo.

Siempre les ha gustado ser un grupo de tres. Lo suficiente para no ser dos, que en caso de opinar diferente siempre sale empate, pero no tantos como para que sea imposible decidir las cosas.

Han hecho varios viajes juntos por Europa en los que se han divertido sobremanera. La confianza que tienen entre ellos se ha forjado a lo largo de planificaciones y experiencias gratificantes que los ha ido uniendo poco a poco. Cada uno se alegra por los éxitos del otro sin envidia, como si fueran de uno mismo.

El rarito va a hacer una publicación en redes sociales. No tiene a la pelirroja como contacto, pero seguro que le llega. Va a etiquetar al perfil del club, así que cuando entre lo verá. Ha sacado una foto del gráfico con la ruta que han hecho, con la distancia y el tiempo. Esta será la foto que publique.

No va a subir la foto que se han tirado porque sería demasiado descarado, prefiere algo que sea sutil. Algo que entiendan ellos dos, pero que no dé lugar a que todo el mundo pueda cotillear. Ella ha dejado claro durante la comida que le preocupa mucho cuidar su entorno, así que los cuidados deben ser máximos.

Junto a la foto elige la música. Busca una canción que represente una aventura. Coge una de las que está ahora de moda para que no llame demasiado la atención. El mensaje de la canción no tiene mucho que ver, pero no será necesario.

Lo más importante es el mensaje. Tiene que ser algo que ella sepa que se refiere a ella, pero que no sea tan directo como para que el resto de la gente pueda ver una relación inequívoca. "Las rutas inesperadas son las mejores" piensa el rarito. Con eso bastará para que se vea que no solamente se refiere a la salida, si no que ha sido lo inesperado lo que ha hecho que sea especial.

Etiqueta al club y le da a publicar. No podrá saber si ve la publicación, pero da por hecho que le llegará. Revisa una vez más tras publicarla y piensa que ha quedado muy bien. Tampoco es que sea especialmente cuidadoso con estas cosas, prefiere las historias que salen de forma natural a las que llevan miles de filtros.

La pelirroja sale por la puerta del garaje con sus perros atados. Los dos animales van tirando como desesperados por salir a la calle. Demasiado tiempo en la casa, pues no contaba con que la ruta de bici fuese tan larga.

La rubia le ha mandado una captura de una publicación que ha hecho el rarito. "Yo diría que va dirigida a ti" le ha dicho. Ella ya la había visto en el perfil del club y tuvo la misma impresión. "No creo" ha contestado intentando distraer la atención.

Ahora han quedado el dueño del club, la rubia y la pelirroja para llevar juntos a los perros al parque. Siempre se la llevan a todos los sitios desde que está soltera. La quieren mucho y seguro que están deseando que encuentre pareja. A ver cómo justifica todo lo que ha pasado hoy porque está siendo una montaña rusa de emociones y seguro que salen mil preguntas en la conversación.

—Pelirroja, ¿qué? —dice el dueño del club cuando la ve salir por la puerta del garaje.

—Aquí, intentando sofocar a las bestias.

Sus dos perros se han abalanzado sobre la perra de la rubia y los tres animales dan vueltas sobre sí mismos, liando las correas.

—¡Podéis parar! —grita la pelirroja.

—Está complicado —responde la rubia, mientras sonríe.

Los tres bajan al parque que está al lado del piso de la pelirroja. Se sientan en los columpios y sacan una bolsa de pipas.

—¿Cuéntanos? —dice el dueño del club

—Poco que contar tengo —responde rápido la pelirroja intentando cerrar el tema en un intento inútil.

—Algo nos podrá contar de la salida de bici, ¿no? —insiste la rubia.

—¡Joder, tía! La he liado. He tirado por donde no era.

—¿Y eso?

—Porque yo ayer con las cervezas no llegué a leer bien el recorrido y yo pensaba que íbamos a Adra por la ruta de la *Koppert*.

—¡Ja!, ¡Ja!, ¡Ja!, ¿y el rarito?

—No sabía por dónde era el recorrido y se ha quedado conmigo. Ha sido tan extraño que se hayan ido todos sin mí.

—¿Y no sabía cuál era el recorrido el rarito? —dice el dueño del club extrañado.

—Sabía que era a Berja, pero no conocía la subida por Río Chico. Y yo le he perdido.

—¡Ja!, ¡ja!, ¡ja!, que desastre.

—De todas formas, la ruta ha estado muy bien. Tú, anda que has perdido el tiempo llamándole cuando aún me estaba trayendo a casa. —le recrimina la pelirroja al dueño del club.

—Le dije el otro día que se viniera.

—Ya, pero no te has acordado hasta que has visto la foto de la salida.

—Tengo miles de cosas en la cabeza.

—Esta noche tenemos que hablar por el grupo de wasap para comprar los vuelos —indica la rubia —, que luego se disparan los precios.

—Totalmente, si ya tenemos claro dónde vamos es mejor que lo compremos directamente —comenta la pelirroja.

—A ver si pueden hablar todos que somos muchos —responde el dueño del club.

—Será imposible ponerse de acuerdo —indica la rubia.

—Los que podamos, sacamos el billete y los demás que lo compren después —apunta la pelirroja.

—Si tenemos que esperar a todo el mundo es un jaleo —sentencia la rubia.

Los tres perros pasan corriendo, se cruzan por en medio y casi tiran las pipas, mientras se van al otro lado del parque. Afortunadamente, como ya no hay luz, no hay nadie más y pueden estar despreocupados mientras van de un lado a otro libremente.

—¿Qué tal ha ido la competición de los niños? —Cambia de tema la pelirroja que aprovecha la distracción que han generado los animales para llevar la conversación a donde no puede deparar más preguntas comprometidas.

—Muy bien, estaba muy bien organizada —responde el dueño del club.

—Y las niñas muy fuertes —apunta la rubia—. Una de ellas ha quedado primera.

—¡Qué bien! —se alegra la pelirroja—. Seguro que se han divertido.

—Sí, sí, ha estado todo muy bien organizado y lo han pasado todos genial. Te habría gustado verlo.

—Aunque lo mismo has preferido tu ruta —insiste el dueño del club intentando sacar más información.

—Bueno, no se puede estar en todos los sitios —responde la pelirroja de forma vaga para evitar volver al tema.

Al cabo de un rato, ya casi no se ve en el parque por la ausencia de luz, así que deciden dar la velada por terminada y se emplazan a llamarse en un rato para organizar el viaje de fin de año.

Al llegar a casa llama a su mejor amiga, la persona de confianza con la que habla todos los días; ese apoyo con quien comparte todas sus decisiones vitales. Ahora pueden quedar menos en persona, porque su amiga fue madre hace dos años y la niña le requiere mucha atención, pero aun así siguen hablando todos los días por teléfono.

Le cuenta por teléfono que se ha perdido con el rarito y que es todo muy confuso porque ella no quiere complicarse la vida.

—La verdad es que tienes una vida súper feliz tal y como estás ahora —le dice su mejor amiga tras escucharla.

—Y no quiero ponerla en riesgo —contesta la pelirroja.

—No debes.

—Pero me ha encantado.

—Sí y tú ya estás con ganas de conocer gente.

—Sí, pero tiene que ser fácil, que no me complique.

—Bueno, ve viendo como fluye todo. Tampoco tienes que decidir ahora si es el hombre de tu vida.

—Sí, llevas razón. Pero es que va a ser la comidilla. Fíjate que ya me ha llamado la gallega y han venido la rubia y el dueño del club para ver qué había pasado.

—Será difícil que no haya comentarios. Tienes que ser lo más prudente posible.

Y a partir de ahí empiezan a hablar del día de la mejor amiga y de cómo ha pasado el fin de semana con su familia.

7

Preparando el viaje de fin de año

Alguien ha empezado a escribir en el grupo para comprar los billetes del viaje. La mayor parte de los integrantes del grupo no puede conectarse ahora. El florista y el comercial han dicho que se conectan en un rato. El Yayo del grupo ha dicho que él y su pareja dan por bueno lo que se decida y que ellos compran el billete después. "Vamos a ir llamándonos los demás y lo gestionamos" ha sentenciado el dueño del club.

Se unen a la llamada: el dueño del club y la rubia, desde la misma *tablet*; la pelirroja, desde su móvil; y el rarito desde el suyo. El rarito se fija en que la pelirroja está ya en pijama. Es liso de color rosa y le sienta bien, a pesar de ser tan amplio que no realza su cuerpo de deportista.

Para valorar diferentes alternativas entran en un buscador de vuelos baratos.

—Volamos el viernes por la mañana temprano —dice el dueño del club.

—¿Tiene todo el mundo vacaciones? —replica el rarito, siempre tan pendiente de los posibles inconvenientes.

—Sí, en el grupo dijeron todos que podían —contesta la rubia.

Meten las fechas en el buscador: el viernes para la ida; el lunes para la vuelta.

—Hay que aprovechar que pasan el festivo al lunes para alargar un día más —dice el dueño del club.

—Yo tengo todos los días tomados de vacaciones —dice la pelirroja, que va por turnos en su trabajo y tiene que jugar con cambios de forma sistemática para organizar su vida.

Empiezan a salir los resultados y van apareciendo los destinos ordenados de menor a mayor precio.

—No podemos tardar en comprar los vuelos —comenta la rubia—. Ya están más caros que el viernes.

"Cuanto tiempo ha pasado desde el viernes" piensa el rarito, que ve como los acontecimientos se suceden a toda velocidad.

—Praga sigue siendo la mejor opción —dice el dueño del club.

—Yo ya he estado —replica la rubia.

—Mirad que bien está de precio Nueva york —dice la pelirroja—. Setecientos veinte euros ida y vuelta.

—Y siendo Navidades —apoya la rubia.

—Pues yo me iba —dice el dueño del club.

—¿No son pocos días? —vuelve a sacar el rarito las posibles pegas.

—Eso es verdad. Nueva York en cuatro días se queda corto —responde la rubia.

—Tampoco sabemos si podría ir todo el mundo a Nueva York, que el viernes el vuelo es muy temprano —vuelve a sacar como inconveniente el rarito.

—Pues nos vamos los cuatro —responde el dueño del club mientras se ríe.

—Yo estoy deseando conocer Nueva York —responde la pelirroja, que lejos de parar la broma, antepone sus deseos—. Yo ya he estado mirando para ir en cuanto que pueda.

El rarito ve la cara de la pelirroja y no pasa por alto que la idea le encanta. No ve con malos ojos que se vayan los cuatros y el destino de Nueva york también está entre sus opciones predilectas.

—¡Sería la ostia! —dice el dueño del club.

—Pero con el tema de la pandemia igual está cerrado —apunta la rubia.

—Sí, y es mejor que vayamos todos —admite el dueño del club.

—Me quedo con las ganas —se queja la pelirroja.

En ese momento se unen a la llamada el florista y el comercial.

—¡Coño! Ya estamos todos —dice el dueño del club.

—¿Me estabais esperando? —responde el florista

—¡Ja!, ¡Ja!, ¡ja! Yo creo que me estaban esperando a mí —bromea el comercial—. ¿Habéis comprado ya algo?

—Estábamos divagando todavía —responde la rubia.

Los siguientes treinta minutos se los pasan discutiendo sobre posibles destinos. Este sale muy caro. En este han estado la mayoría. En ese el vuelo de vuelta es el martes. En aquel puede hacer demasiado frío. El otro está demasiado lejos. Seis personas eligiendo un viaje.

—Venga, si no hay más remedio repito Praga —se resigna la rubia.

—Yo creo que es la mejor opción —indica el comercial.

—A mí me mola —dice el florista—. Yo voy con mi pareja.

—Pues no le demos más vueltas —se desespera la pelirroja—. Que "masconeáis" mucho.

—Por mí perfecto —apunta el rarito uniéndose a la pelirroja para terminar de encontrar destino.

—¿Y quién compra los billetes? —dice el dueño del club—. Somos siete y es una "pasta".

—Es mucho dinero para una persona sola —reafirma el rarito.

—Podemos dividirlo —dice el comercial.

—Que compre cada pareja el suyo —dice el florista.

—Y los solteros que se compren ellos tres el suyo —apunta la rubia como propuesta.

—Es buena idea —confirma el comercial.

—El mío que lo compre alguien y le hago *bizum* —apunta la pelirroja. Soy un desastre con estas cosas.

—Yo puedo comprar los de los solteros —se ofrece el rarito que ve la opción de tener trato con la pelirroja por esa vía.

—¡Vale! —contestan la pelirroja y el comercial al unísono.

—Pues vamos al lío —dice el dueño del club.

Cada una de las personas que va a comprar billete entra en el enlace que ha marcado el buscador con la opción más barata para proceder a la compra.

—Hay que pagar maleta extra si se quiere —apunta la rubia—. En la tarifa estándar solamente entra una bolsa pequeña.

—Yo con eso tengo —dice el comercial, que está acostumbrado a viajar con lo justo.

—Yo quiero mi maleta —dice el florista que prefiere viajar con todo tipo de comodidades.

—Yo también quiero maleta —indica la pelirroja—. Yo necesito espacio para mis vestidos, mis tacones, los "tenis" para correr, …

Al rarito como madrileño que es todavía le resulta extraño que los almerienses llamen "tenis" a las zapatillas deportivas de correr.

—Pues cada uno que compre lo que necesite —índice el dueño del club—. Nosotros podemos compartir maleta —le dice a la rubia girándose para mirarla.

—Eso se puede comprar después —añade la rubia—. Vamos a comprar primero los billetes y lo de las maletas se puede hacer luego.

—Venga, yo ya casi lo tengo —dice el rarito—. ¿Me pasáis vuestros DNIs? —les pide a la pelirroja y al comercial.

—Claro. ¿Por wasap? —le pregunta la pelirroja.

—Sí, con el número y la fecha de nacimiento tengo. No necesito el documento entero.

—Yo lo tengo escaneado. Te lo mando. —Le dice el comercial.

—Yo te lo paso en foto que es más rápido —apostilla también la pelirroja.

Al rarito le llega el DNI de la pelirroja por wasap. Tiene cuarenta años. Él es un poco más mayor, tiene cuarenta y cuatro. Otra cosa que encaja. "Seguimos para bingo" piensa, mientras mete la fecha de nacimiento de la pelirroja en el formulario de la aerolínea para terminar de comprar el billete.

—No me deja poner unos con maleta y otros sin maleta —dice el rarito—. Esa parte la hago cuando termine de comprar los billetes.

—Vale —contesta el comercial.

Todos van terminando de comprar los billetes. El comercial y la pelirroja le hacen *bizum* al rarito.

—Yo te hago ya el *bizum* incluyendo el importe de la maleta y así no tengo que volver a hacer luego otro —le dice la pelirroja.

—Da igual, mujer —contesta el rarito.

—Yo prefiero hacer uno y dejarlo listo que odio estas cosas —insiste ella.

—Como prefieras —se rinde él que ve que no hay forma de pelear el tema—. De todas formas, sé dónde vives.

—Ahí lo llevas —dice ella, que hace caso omiso de la broma por si alguno de los presentes en la videollamada dice algo.

—Me está dando problemas el tema de la maleta ahora —dice el rarito, que sigue intentando incluir maletas en el vuelo para la pelirroja y para él.

—Si no puedes, déjalo y lo haces mañana que ya es muy tarde.

—Sí, será lo mejor. ¿Te devuelvo el *bizum*?

—No, da igual. Así ya lo tienes para mañana.

—Bueno, chicos pues ya tenemos viaje —cambia de tema el dueño del club—. Ahora a empezar a mirar cosas para ver qué hacemos en fin de año.

—Sí, hay que buscar lo más típico de allí —apoya el comercial.

—Vamos con tiempo —dice el florista.

—Y habrá que buscar hotel —apunta la rubia—. Pero ya tenemos los vuelos que era lo principal.

8

Deshojando la margarita con la maleta

Es lunes por la tarde. Acaba de levantarse de la siesta que ha echado después de trabajar por la mañana. Está todavía "amodorrado" en el sillón sin conseguir moverse mucho. Mira el móvil y ve que no tiene ningún mensaje nuevo. Tampoco en el del trabajo, así que parece que la tarde estará tranquila hasta las ocho y media que vaya a su entrenamiento de carrera.

Después de un rato mirando un periódico deportivo por internet, consigue sacar fuerzas para ponerse en marcha. Tras comerse un yogur y una fruta para merendar, coge el móvil y entra en la aplicación de la operadora de vuelos en la que compraron los billetes anoche. Ayer no consiguió sacar las maletas por la página web, así que lo va a intentar por esta vía para ver si consigue algo.

No ha usado nunca la aplicación de esa operadora y las cosas tecnológicas tampoco son sus favoritas, pero tiene la motivación de sacar las maletas para encontrar una excusa con la que poder escribir a la pelirroja. Así podrá sondearla para ver cómo reacciona.

Encuentra como entrar en la reserva. Allí están los tres pasajeros. El siguiente paso es buscar cómo solicitar maleta solamente para dos de ellos. Al cabo de un rato, ve una opción habilitada para seleccionar maleta, pero no es la opción de embarque prioritario con equipaje de mano. Esa opción les obligaría a facturar maleta y eso es mucho más tiempo en el aeropuerto, cuando el vuelo es muy temprano.

Tiene que volver a entrar un par de veces hasta que da con la opción correcta. Cuando ya parece que lo tiene la aplicación se cierra sola. Estas son las cosas que más le desesperan de las nuevas tecnologías. A veces dejan de funcionar sin más y no hay explicación lógica. A reiniciar que diría el informático al que le preguntases qué hacer en estos casos.

Vuelve a realizar el proceso. Parece que en esta ocasión sí le deja terminarlo. Llega el momento del pago. "A ver si no falla también la tarjeta que es lo típico" piensa. Mete los datos de la tarjeta y le da la vuelta para ver el CVV. Le da a aceptar y ... ¡funciona! Casi parece magia cuando no da ningún error.

Mira en la pantalla inicial de la reserva y ya aparecen maleta para la pelirroja y para él. ¡Perfecto! piensa para sí mismo. Coge el móvil y manda un mensaje a la pelirroja.

"¡Tenemos maleta!" —le escribe por wasap.

No ha tenido turno esta mañana; le toca descanso hasta el miércoles, cuando tiene que ir mañana y tarde en su turno de catorce horas. Afortunadamente, siempre va a los turnos con sus amigas la gallega y la rubi, lo que hace que sea mucho más llevadero. Hoy por la mañana ha ido a la piscina a nadar. Ella no puede estar sin hacer nada, le arden los demonios por dentro. Como no ha encontrado a nadie, ha ido ella sola, pero no le gusta. Siempre prefiere ir acompañada para poder hablar un rato en los parones entre uno y otro ejercicio. Después de nadar se ha ido al centro comercial a dar una "puti" vuelta por su tienda de ropa predilecta con su amiga "la Rubi", pero no ha encontrado nada interesante. Llaman así de forma irónica a sus salidas de compras porque las dos se quedaron solteras más o menos al mismo tiempo y es lo más cercano a salir de fiesta que hacen juntas.

En las tiendas de ropa no ven nada que le llame la atención. La verdad es que cada día está más difícil que haya algo de su gusto. "A ver si sacan la colección de invierno, porque los restos de verano ya no dan para más" piensa ella.

Se está preparando para ir a correr. Su grupo sale a las siete y media. Sabe que el rarito corre a las ocho y media y que posiblemente se crucen cuando ella termina y él empieza y no sabe cómo reaccionar.

Lleva todo el día dándole vueltas. Por alguna extraña razón, él le gusta, pero no encaja en lo que ella estaba pensando. Es del club de triatlón y si la cosa sale mal no quiere tenerle por allí. No le gusta que le estropeen sus entornos seguros. Y aunque, le echen y no siga en el club ya lo sabrá todo el mundo y no hay nada que más odie que ser el cotilleo de turno de la gente. Le gusta salvaguardar su vida privada todo lo que sea posible.

A "la Rubi" le ha contado lo que le pasó ayer mientras iba con la bicicleta. "Un rarito" ha dicho ella. "Tú y yo merecemos más, un mirlo blanco".

Está absorta recordando la conversación con su amiga cuando le vibra el reloj en la muñeca. Le ha entrado un mensaje de wasap del rarito diciéndole que ya tienen maleta. "¿Qué hace?". No tiene claro si avanzar o no. Hay mucho riesgo en dar pasos para conocerle. "Y además él no ha pasado su duelo" piensa "esto no puede funcionar".

Coge el móvil y escribe un mensaje de contestación: "Genial. Ya podemos echar los tenis y salir a correr por las mañanas". Se lo piensa antes de mandarlo. ¿Será demasiado darle esperanzas de salir a correr juntos? La idea se le pasa por la cabeza, se ve corriendo en Praga con él, recuerda lo bien que lo pasaron en la salida de bicicleta y le apetece más de lo que se había imaginado.

No lo piensa más y le da al botón de enviar. Acto seguido vuelve a pensar si habrá sido una buena idea, pero ya se ha conectado y ha visto el mensaje. Le llega un emoticono de una cara sonriente, cierra el wasap y se va a entrenar.

El rarito ha llegado pronto a entrenar. Está esperando junto a otros compañeros a que sea la hora de salir. El grupo de la pelirroja aún no ha vuelto del entrenamiento. Él esperaba que estuviese por allí para poder saludarla. Tampoco sabe muy bien cómo acercarse sin espantarla o llamar la atención de miradas indiscretas.

Terminan de llegar todos los integrantes del grupo de carrera y el entrenador les manda empezar. "Quince minutos de calentamiento y nos vemos aquí" dice en un mensaje que repite cuatro veces cada lunes y miércoles y que podría tener grabado en el móvil para no tener que usar la voz.

El rarito se pone por la parte del final y empieza a correr detrás del grupo que abren los corredores más rápidos. El calentamiento normalmente lo acabarán todos juntos. Empieza a hablar con uno de los muchachos nuevos que ha llegado a última hora y se ha puesto a su lado. Le está preguntando cómo suelen ser los entrenamientos y el rarito le dice que lo más normal será que tengan series cortas.

Cuando llevan cuatro minutos y están llegando a la rotonda que marca el final del primer tramo de paseo marítimo, ve que viene de frente el grupo anterior. La pelirroja va en el centro de la primera fila con dos hombres a cada lado. Como no podía ser de otra manera va hablando.

Los dos grupos se cruzan y hay múltiples saludos de uno y otro lado a medida que se reconoce a los miembros del club con los que se comparten salidas de bici y competiciones.

El rarito saluda mirando hacia la pelirroja "Buenas". Le contesta uno de los hombres que iba a su lado y que le conoce de algunos entrenamientos del verano, pero ella se ha hecho la despistada y ha pasado como si no hubiese visto al otro grupo. El rarito sonríe. "Habrá que esperar a la próxima oportunidad" piensa.

Cuando el rarito llega a casa después de entrenar, lo primero que hace es ir a la nevera y sacar agua fresca. Aunque ya el calor va menguando, todavía la humedad se deja notar cuando salen a correr y la deshidratación hace que llegue con ansias de una buena dosis de líquido refrescante.

Al terminar de beber coge el móvil y revisa. Hay un par de mensajes en el grupo de wasap de su familia. Los lee y contesta con un corazón. A continuación, ve que le ha llegado un correo de la aerolínea: "Lamentablemente sentimos comunicarle que no hemos podido gestionar la reserva de maletas que nos ha indicado por no poder garantizar que exista espacio en cabina".

¡En serio! Piensa mientras no acaba de creerse lo que está leyendo. Otra vez a vueltas con la maleta. Entra en la aplicación de la aerolínea y efectivamente ya no aparecen la maleta. Intenta volver a reservarla y no le deja. ¿Cómo es tan difícil reservar una maldita maleta?

Intenta volver a reservar la maleta. Y la aplicación le devuelve un mensaje de fallo. Parece que no va a tener suerte. Coge el móvil y entra en el wasap. La pelirroja está en línea.

—Nos han cancelado la maleta —le escribe.

Ella entra y lee el mensaje.

—¡Ja!, ¡Ja!, ¡Ja! No quieren que corramos juntos —responde ella.

—He intentado reservarla otra vez y no me deja.

—Pues vaya.

—Tenemos la opción de coger una maleta que vaya en la bodega, pero es más caro porque son más grandes.

—El dinero es lo de menos, pero tener que facturar es un fastidio.

—Sí, llevas razón.

—¿No puedes llamar?

—Mañana pruebo.

—Vale.

—Te voy a devolver el *bizum* hasta que veamos cómo queda el tema.

—No hace falta.

—Es mejor, porque no sabemos cómo va a quedar al final la cosa.

—Vale.

—Nos hemos cruzado mientras corríamos en el entrenamiento —dice él, sacando un tema que le interesa más.

—¡Ah!, ¿Sí? No te he visto. —En una medio verdad, pues ha hecho por no verle sabiendo que seguramente iría en el grupo.

—Ibas hablando —ayuda él para que no se sienta atrapada.

—¿Qué raro? —dice ella mientras sonríe.

—Igual te habías perdido —dice él a modo de broma.

—¡Ja!¡Ja!¡Ja! No, hoy no me he perdido. No vayas a pensar que me pierdo todos los días. Perdona por lo de ayer.

—Si fue genial, no hay nada que perdonar. Mañana te digo como queda lo de la maleta.

—Vale —contesta ella.

El rarito antes de irse a dormir manda un mensaje a través de la aplicación de la aerolínea contando que quiere reservar dos huecos de cabina para maletas de los pasajeros y que le está dando error la aplicación.

A media mañana está en el trabajo y recibe un wasap. Al coger el móvil y ver la pantalla, se da cuenta de que es de la pelirroja. ¡Le ha escrito! "Parece que vamos avanzando" piensa.

—¿Cómo van nuestras maletas? No me quiero quedar sin correr —le ha escrito y borrado cuatro veces ella antes de decidirse a enviar el mensaje definitivo.

—"Estoy en ello. Tú no te preocupes que no nos quedamos sin correr" junto con un emoticono de una cara sonriente —responde el rarito.

Nada más llegar a casa de trabajar el rarito revisa el mensaje que le ha llegado de la aerolínea contestándole a su consulta sobre el error de las maletas. Aprovecha para volver a escribir a la pelirroja.

—Tengo dos noticias que darte un mala y otra buena —le escribe.

—Vaya, yo esperaba dos buenas —contesta la pelirroja al poco tiempo.

—La mala es que no tenemos maleta.

—Pues sí que es mala —contesta ella—. Espero que la buena sea realmente buena.

—La buena es que la aerolínea ya sabe la causa y me están mirando cómo arreglarlo.

—No está mal.

—Así que ve poniéndote en forma que saldremos a correr —le dice él en tono de broma.

—Yo ya estoy en forma —contesta ella haciéndose la ofendida—. A ver si eres capaz de seguirme el ritmo.

—Tendré que esforzarme, no vaya a quedarme solo y me pierda —contesta él junto con un emoticono de la cara riéndose con gotas en los ojos.

—Eso ha sido un golpe bajo —dice ella con una sonrisa en la cara que él solamente puede intuir al leer la respuesta.

—Luego te cuento cómo va la maleta.

—Gracias.

A media tarde el rarito aún no ha conseguido que le respondan nada de la aerolínea. Pero se le ocurre que puede grabar un vídeo para ella. Coge la mochila que tiene las medidas estándar para viajar en cabina sin equipaje con la compañía de bajo coste con la que han reservado el vuelo.

Es una mochila que compró en una cadena de tiendas de deporte una vez que se fue a Dublín con su compañero de trabajo y el profesor de instituto. Este último y él mismo no llevaron maleta y tuvieron que comprar una mochila lo más cercana posible a las medidas máximas de equipaje de mano para llevar el mayor número de cosas posibles.

Coloca la mochila encima de su cama y revisa que no haya nada cerca para grabar el vídeo. A la vez que no es muy buen fotógrafo, tampoco maneja la cámara de vídeo con demasiada soltura. Empieza a grabar mientras va contando que se fue de viaje con esa bolsa y como organizo la ropa para llevársela. "Aunque no me llevé "tenis" para correr" dice para acabar.

La pelirroja recibe el vídeo por wasap, lo ve y le gusta. Un poco friqui, pero le gusta. Definitivamente no sabe qué hacer, porque se sigue divirtiendo con el rarito y cada le vez gusta más. Los detalles y lo cuidadoso que es con ella son una razón más para darle una oportunidad. Pero … ¿y si sale mal? ¿Y si no ha superado el duelo y es solamente algo pasajero? No quiere pasarlo mal.

—Muchas gracias, no hacía falta —contesta ella cuando termina de ver el vídeo.

—Aun así, estoy gestionando para tener maleta.

—Mejor, que yo necesito llevar mucha ropa.

—No te preocupes. Yo me encargo. No nos podemos quedar sin correr.

Esa misma tarde la pelirroja sale a correr con un compañero de trabajo y club antes de ir a nadar y le va contando que se perdió el fin de semana con la bici. Al rato se cruzan con el rarito que está andando por el paseo marítimo antes de ir a entrenar fuerza, pues le gusta hacer algo de cardio antes.

Él saluda efusivamente y ella contesta, pero la verdad es que no sabe que es él. El amigo que va corriendo con ella le dice "¿No es ese el chico que se perdió contigo?" y ahí es cuando ella se da cuenta de quien era. "Mejor que no le haya reconocido" piensa para sí misma. No habría sabido como actuar, así de esa manera ha quedado más natural.

El rarito también iba con sus pensamientos. Hace nada que han puesto en el grupo de wasap que el jueves van a hacer una fiesta de disfraces por Halloween al terminar los entrenamientos.

Es una ocasión magnífica para volver a coincidir con la pelirroja. Seguro que va, ella no se pierde una.

Está pensando en aprovechar la fiesta para hablar con ella y plantearle hacer alguna actividad el fin de semana. Tiene una invitación pendiente. Mira por el móvil y encuentra una obra de teatro en el auditorio de Roquetas el sábado. Podría estar bien ir juntos y ya aprovechar y cenar antes. Tendrá que pensar como acercarse el jueves para proponérselo sin que quede demasiado brusco.

El miércoles por la mañana recibe un mensaje el rarito de la aerolínea. Le confirmamos que hemos podido habilitar la opción de reserva de maleta para su billete. Entra a la aplicación de la aerolínea y reserva la maleta sin problema.

—Tenemos maleta —escribe por wasap a la pelirroja.

La verdad es que estos tres días se ha acostumbrado a escribirle por el tema de la maleta y ya le resulta familiar hacerlo. Casi como si llevasen un mes escribiéndose.

—A ver por cuanto tiempo —vuelve a escribir en un segundo mensaje.

—¡Ja!¡Ja!¡Ja! Esperemos que esta vez nos dure —responde ella al poco tiempo.

—¡Vamos a poder correr! —responde él animado con el logro que es reservar una maleta al fin.

—Bien —dice ella—. Estaba segura de que lo conseguirías.

Él manda un emoticono con una carita sonriente y es ella quien sigue escribiendo.

9

Los mensajes

—Estoy de turno. Hoy trabajo mañana y tarde —cuenta la pelirroja.

—Yo esta tarde quiero ir a comprar el disfraz para la fiesta del jueves. —Aprovecha el rarito para sacar el próximo encuentro.

—No voy a poder ir —dice ella.

—¡Qué pena! —contesta el rarito—. Seguro que está genial.

—Sí, pero me voy de viaje.

—¡No paras! —le responde el rarito al que se le esfuma su opción de invitarla al teatro ese fin de semana.

—Mis primos viven en Vitoria y he visto un vuelo muy barato para ir a verlos este puente.

—Suena genial.

—Voy desde Málaga. Vuelo el viernes por la mañana y vuelvo el lunes por la noche.

—Te da tiempo a venir a la fiesta el jueves entonces —dice el rarito buscando la forma de verla.

—No —dice ella—. El viernes sale el vuelo muy pronto y tengo que dormir allí el jueves. ¡Vente a Vitoria!

—¿En serio?

—Claro, mis primos te dejan un sitio donde dormir. Vamos a ir a que conozca el pirineo navarro y la costa del País Vasco.

—Tiene buena pinta.

—Y podemos correr por Vitoria —le dice ella que se ha emocionado con la opción de que vaya con ella en el viaje para no ir sola.

—Me tendría que pedir el viernes.

—El avión de vuelta aterriza el lunes de madrugada y tenemos que venir de Málaga a Almería. Deberías pedirte también el martes.

—Y el jueves para poder dormir allí.

—Sí, son muchos días.

—Con tan poco tiempo no voy a poder gestionarlo en el trabajo —dice el rarito que ve precipitado tener que montarlo todo con tan poco tiempo.

—¡Qué pena! —dice ella.

—Bueno, tenemos Praga para correr —dice él buscando el punto que sigue haciendo de nexo entre ellos.

Es jueves por la tarde y se está poniendo el disfraz de Halloween de demonio esqueleto mezclado con ropa de deporte. La idea es entrenar disfrazados primero y después quedarse de fiesta poniendo en común lo que cada uno lleve de bebida y comida para compartir. También habrá un jamón que ha ganado el club en alguna de las últimas competiciones en las que se participó.

Él no se ha complicado y ha comprado dos empanadas hechas de un supermercado porque no tenía tiempo por la tarde para cocinar nada.

Le habría gustado que la pelirroja estuviera en la fiesta, pero no ha podido ser. Ahora por lo menos son amigos en Instagram. "Un paso más" piensa. Sabe que hay tiempo. Él siempre es muy impaciente y aunque la cosa marcha bien, le gustaría poder seguir avanzando a cada momento.

Duda si escribirle, pero no quiere ser pesado. Hoy ya han intercambiado un par de mensajes sobre el viaje de ella a Vitoria y la fiesta de Halloween del club. No cree que sea momento de seguir insistiendo, además ella ya habrá salido de viaje para Málaga para coger mañana el avión.

Va a entrenar y después a la fiesta. Intercambia conversaciones con el resto de gente del club sobre objetivos, próximas carreras y habla un rato con el florista y el comercial sobre su próximo viaje de fin de año. Le tiran un par de fotos disfrazado y se va pronto a casa. Mañana trabaja y no quiere alargar la noche.

Cuando llega a casa decide hacer una publicación en una red social. "A ver si lo ve la pelirroja y me dice algo" piensa. Coge la foto en la que mejor se ve el disfraz, le pone la canción de rock que no para de sonar por la radio en la última semana y sube la publicación para ver si obtiene respuesta de la pelirroja.

La pelirroja no ha llegado a contarle toda la verdad al rarito. "No tenía por qué darle detalles". Lleva pensando todo el camino de coche entre Almería y Málaga. Pero ella en su interior sabe que no contar las cosas es como mentir.

Ha quedado con un malagueño con el que se ha escrito a través de una aplicación de citas. Justo lo que buscaba: alguien que no está en su entorno, que no puede desestabilizar su paz emocional, que no tiene complicaciones, que no está de duelo, … Pero no puede dejar de pensar que con el rarito todo fluye.

Cuando queda con el malagueño, es muy amable con ella. Van a cenar juntos por el centro de Málaga que está super ambientado por la próxima festividad de Halloween. Toman pescadito frito. Beben un vino. Pero ella sigue teniendo al rarito en mente y con el malagueño no surge *feeling* de la misma forma.

Al cabo de un rato el malagueño y la pelirroja llegan paseando hasta la puerta del hotel donde se hospedará ella.

—Lo he pasado bien —dice ella, en otra verdad a media de las que no le gustan.

—Sí, yo he estado muy a gusto —responde él con un acento andaluz muy pronunciado—. Podemos volver a vernos.

—Claro —responde ella—. El lunes vuelvo de Vitoria.

—Pues ahí puede ser buen momento —contesta él—. No hace falta que te vayas hasta Almería tan tarde; conducir de noche es peligroso. Puedes dormir en mi casa y te vas el martes por la mañana más tranquila.

—Es buena idea.

—Nos vemos el lunes entonces.

—Claro.

—Y seguimos hablado estos días.

—Sí.

Tras despedirse con dos besos, la pelirroja sube a la habitación del hotel. Está hecha un tremendo lío. No sabe por dónde tirar. El malagueño es una apuesta menos arriesgada. No debería complicarse con alguien de su entorno. No es lo que ella tenía pensado.

Se tumba en la cama del hotel y abre una red social para echar un rato mientras intenta conciliar el sueño. A la tercera historia le sale el rarito disfrazado en la fiesta del club. "Friqui, pero me gusta" piensa ella antes de quedarse dormida y seguir dando vuelta a sus dudas entre sueños. Necesita llamar a su mejor amiga para consultar con ella, pero es demasiado tarde. Tendrá que esperar a mañana por la mañana.

—¿Qué tal ha ido el viaje? —le pregunta el rarito por wasap a media tarde del viernes.

—Muy bien —responde la pelirroja—. Ya estoy en casa de mis primos.

—¿Has sabido llegar sin perderte? —responde él con un emoticono con sonrisa al lado del mensaje.

—¡Qué no me pierdo siempre! Lo del otro día no tiene explicación.

—Mira, en eso estamos de acuerdo.

—Si yo sabía por donde era.

—Sí, solamente faltaba una cuesta —bromea de nuevo el rarito que vuelve a poner el emoticono de la risa para acompañar su mensaje.

Se pasan más de una hora hablando sin darse cuenta, hasta que los primos de ella la reclaman a gritos.

—Me llaman —dice ella.

—Lo he oído —responde él.

—Tengo que dejarte que he venido para estar con ellos y no les estoy haciendo caso.

—Totalmente —responde él.

—Hasta mañana.

—Hasta mañana.

Al rarito no se le escapa que los dos han dado por hecho que hablarán mañana. Ya no hay maleta de por medio, pero no necesitan excusa. La comunicación es fluida y les gusta escribirse. Todo marcha.

El sábado por la mañana vuelve a escribir a la pelirroja. Prácticamente sin ningún motivo aparente.

—¿Te regañaron mucho ayer por estar tanto rato con el wasap? —le dice él.

—Que va, si mis primos me quieren mucho —dice la pelirroja—. Me tratan como a una reina. Me han comprado para desayunar sobrasada y jamón que saben que me encantan.

—¡Y queso!

—¡Ja!¡Ja!¡Ja! y queso. Menudo desayuno me he pegado. Voy a coger dos kilos.

—¡Venga ya! Si seguro que has salido a correr.

—¡Ja!¡Ja!¡Ja! Sí, ¿cómo lo has adivinado?

—Uno que es listo.

—Hacía muchísimo frío, no es como en Almería.

—Ya me imagino.

—Mis primos tienen mucha suerte porque viven en frente de un parque, pero el césped está con escarcha y el agua de los lagos congelada.

—Y nosotros en manga corta.

—Tiene un montón de lagos el parque, pero me cuesta encontrarlos todos.

—¡Ja!¡Ja!¡Ja! ¿Te pierdes?

—¡Qué no! ¡Qué yo no suelo perderme! Es que el parque es enorme.

—Claro, Central Park.

—Correr allí tiene que ser maravilloso.

—Desde luego.

De repente se oye como su prima llama a gritos a la pelirroja.

—¡Ja!¡Ja!¡Ja! —ríen los dos al mismo tiempo por mensaje muestra de la conexión que han hecho, aunque sea en la distancia.

—Ha vuelto a pasar más de una hora —dice ella.

—Disfruta de tus primos —le contesta él.

Ayer salió a cenar el rarito con el profesor de instituto, su compañero de trabajo está en Madrid; tiene allí a la novia y sube cada mes a pasar allí unos días. Durante la conversación, le estuvo contando lo bien que va todo.

—No me lo creo, rarito —le dijo el profesor de instituto —Con lo difícil que es encontrar alguien con quien congenies así.

—Pues sí la verdad. Aunque de momento no quiero hacerme ilusiones.

—Pero si va todo genial.

—Sí, pero ella me dijo que no quiere a nadie de su entorno.

—Tienes que insistir.

—Eso hago —le respondió él mientras sonreía—. Pero no quiero ser pesado. Ella también tiene que dar algún paso.

—Claro, tiene que ser un paso de cada uno.

10

La propuesta loca

Es domingo temprano y ya está despierto para salir con la grupeta de bici. Mientras termina de levantarse ha sonado el wasap; es la pelirroja. No tenía pensado escribirle hoy para ver si ella daba señales de vida y no ha tenido que esperar mucho para comprobarlo.

—¡Qué vaya bien la bici! —le dice ella.

—¿Has visto que estoy apuntado?

—Sí, acabo de revisar la lista. Me da mucha envidia.

—Anda, si estás disfrutando de Vitoria.

Y así empiezan una conversación que empieza a extenderse en el tiempo mientras ella va de camino hacia el pre pirineo navarro en el coche con sus primos.

—Ya se me acaba el puente —le dice ella en un momento de la conversación.

—Vendrá otro rápido —contesta él.

—Me encanta viajar —le confiesa ella.

—Me tenía que haber ido contigo. ¿Te apetece que vayamos a algún sitio en el puente de diciembre? —pregunta el rarito dando un salto mortal a la piscina sin saber si tiene agua.

—¡Claro! —responde ella—. ¿Dónde? Mira que el otro día echamos un buen rato para decidir destino de fin de año.

—¡Nueva York! —dice él doblando la apuesta de forma inmediata.

—¿En serio? —pregunta la pelirroja notándose su incredulidad en el propio mensaje.

—Los dos estamos deseando ir. Seguro que es un viaje precioso.

—Me encantaría —confiesa ella.

—Y el puente de diciembre es un momento genial para ir a ver la ciudad de los rascacielos. Ya estará todo el ambiente navideño con las calles decoradas, el árbol de Rockefeller Center, ...

—Es buen momento, sí —reconoce ella—. Yo estoy estudiando inglés. Este invierno quería ir, aunque fuese yo sola.

—¡Pues vámonos! —le insiste el rarito.

—Apenas nos conocemos —dice ella reculando.

—Llevas razón, pero el otro día fue genial en bici y llevamos un montón de horas hablando por wasap —expone el rarito poniendo los puntos fuertes sobre la mesa para intentar convencerla.

—Pero no es lo mismo que en persona. Las cosas en el cara a cara cambian. No te puedes fiar de las conversaciones por mensaje en la distancia.

—La bici fue en persona.

—Y no has pasado tu duelo.

—¿Qué duelo? Déjate de rollos.

—¿Me dejas que me lo piense?

—Claro, tómate tu tiempo —responde él que no quiere presionarla.

—Sería genial poder correr por Central Park.

—E ir a ver la Estatua de la libertad, el *Empire State Building*, ...

—Yo quiero patinar sobre hielo.

—Yo quiero ir a ver un partido de baloncesto de los Knicks.

—Eso está chulísimo. Yo esta tarde voy con mis primos a ver al Baskonia.

—¿En serio? Vaya planazo.

—Juega contra el Madrid. Va a haber un ambiente brutal en el pabellón.

—Yo igual lo veo por la tele.

—A mí por la tele no me gusta. No me gusta la televisión en general, de hecho.

—A mí tampoco, mucho, pero el deporte... Además, así aprovecho a ver si te veo.

—¡Ja!¡Ja!¡Ja! No creo.

—Mira que como te saquen en la Kiss Cam.

—¿Qué es eso?

—Una cosa que hacen los americanos. Enfocan a parejas del público y tienen que darse un beso.

—¿Qué dices?

—¡Ja!¡Ja!¡Ja! Seguro que te sacan.

—Voy sola con mis primos. ¿Aquí hay de eso?

—Creo que no, aunque alguna vez lo han hecho.

—Yo a disfrutar del partido. La gente grita como si estuvieran locos.

—Ya me imagino. Yo he estado varias veces en el baloncesto: Murcia, Málaga, Madrid, ... La pista del Baskonia debe ser como el Martín Calpena.

—¿Eso qué es?

—El campo de baloncesto del Unicaja. El equipo de Málaga.

—Yo solamente he ido al baloncesto en Vitoria. Mis primos me llevan cada que vengo a verlos. Si te hubieses venido...

—En Nueva York nos desquitamos.

—Sería genial. En cuanto que vuelva a Almería quedamos para hablarlo.

—¿Cuándo llegas?

—El lunes de madrugada aterrizo en Málaga. Aún no sé si dormiré allí o si me iré directa para Almería. Me da miedo conducir de noche sola.

—Es complicado. Yo dormiría en Málaga si no tienes prisa por la mañana —le da su opinión el rarito sin saber que tira piedras contra su propio tejado.

—Tengo que valorarlo dice ella.

—¿Podemos quedar a cenar el jueves o así? —le dice el rarito, proponiendo una velada.

—Yo prefiero el mismo martes —dice ella, que no tiene la paciencia como mejor virtud.

—Lo decía por acercarnos al fin de semana.

—Yo prefiero que quedemos cuanto antes.

—Perfecto.

—A cenar.

—Te invito yo que te debo una.

—Vale. Piensa sitio.

—No te defraudará —dice él que tiene en mente uno de los restaurantes más de moda de Aguadulce con un ambiente muy romántico.

—Te voy a dejar, que mis primos me están mirando mal.

—¡Ja!¡Ja!¡Ja! Normal, ¡llevamos dos horas!

—Y tú vas a llegar tarde con la bici.

—Pues sí, menos mal que me levanté con tiempo.

—Disfruta la salida.

—Y tú de tus primos.

Los primos de la pelirroja saben que está hablando con el rarito y también que ha tenido una cita con el chico de Málaga y que igual vuelve a verle el lunes por la noche. Las conversaciones de wasap interminables no han pasado desapercibidas a sus primos.

—Yo voto por el rarito —dice su prima, con un acento entre almeriense, aragonés y vasco que delata sus múltiples cambios de domicilio.

—Yo al de Málaga no le veo futuro —apoya su primo, en este caso con un fuerte acento de Vitoria.

—Pero es que el rarito es más arriesgado —dice la pelirroja.

—Quien no arriesga no gana —le dice su prima.

—¿Vas a hacer 200 kilómetros de coche todas las semanas para ir a málaga? —pregunta su primo.

—No —reconoce la pelirroja.

—Si todavía dijeras que te emociona más el de Málaga —le dice su prima —, pero estás todo el tiempo hablando con el rarito.

—Ir a Nueva York me hace mucha ilusión.

—El tío ha puesto toda la carne en el asador —dice su primo que es muy de dichos.

—Pero puede romper mi estabilidad.

—Tienes que pensar si quieres algo pasajero o con futuro. ¿A dónde vas con el de Málaga? —le pregunta su prima

—Estamos llegando ya a Zugarramurdi —les dice su primo mientras toma el desvío de la carretera.

—¡Qué bonito! —dice la pelirroja al mirar por la ventana del coche—. Con tanta conversación de wasap ni se ha enterado del paisaje tan verde que lleva un acompañándolos prácticamente desde que salieron de Vitoria.

Al llegar dejan el coche en el aparcamiento y se juntan con los dos amigos de su primo que han ido en otro vehículo. Dan un pequeño paseo y bajan a la cueva. La apertura es enorme y el sitio sobrecoge por sí mismo sin necesidad de conocer las historias de brujas que se cuentan sobre la cueva. Es una zona de mucha niebla y eso suele darle un aspecto aún más misterioso. Ese día hay algo de niebla, pero está alta. No molesta para visitar la cueva.

—Vamos a tirar una foto —dice su primo que con su envergadura no necesita palo *selfi* para que salgan todos.

Lanza un par de fotografías a todo el grupo. La pelirroja deja que bajen los demás primero a la cueva y ella se queda por allí mirando la entrada y la vegetación que hay a su alrededor. Antes de bajar, saca su móvil y se tira un *selfi* donde se ve al fondo la entrada a la cueva y a toda la pandilla de amigos que ha ido bajando.

Mira la foto. Ha salido bonita. Abre el wasap y se la manda al rarito. "La verá cuando vuelva de la bici. A ver qué dice" piensa.

El rarito acaba de llegar de la ruta de bici. Una salida muy normal, de las que hace habitualmente. Dentro de un par de semanas ni recordará el recorrido. Totalmente diferente a la ruta de la semana pasada, sin ningún sobresalto ni nada destacable.

Mientras se quita la ropa de ciclismo para meterse a la ducha, revisa el móvil y ve que le ha llegado una foto de la pelirroja. Abre el wasap y ve que es ella con una cueva al fondo.

—¡Qué bonito todo! —le responde, junto con un emoticono con corazones en los ojos—. Disfruta el partido.

Se mete a la ducha, come y se acuesta para recuperar un poco de fuerza. Al levantarse se pasa toda la tarde perreando por la casa. Tenía que escribir un trabajo para el máster de filosofía que está haciendo, pero no encuentra la motivación necesaria.

A media tarde empieza el partido de baloncesto entre Madrid y Baskonia y lo pone en la televisión. Aprovecha la excusa, coge el móvil y le manda una foto de la TV a la pelirroja. "Estoy a ver si te veo por la *Kiss Cam*" —le escribe junto al emoticono de la risa.

Al rato ella le contesta con una foto del marcador. "Pobre, Baskonia. Le están dando una paliza". La verdad es que el partido está bastante aburrido. La diferencia se ha marcado prácticamente desde el principio y el único entretenimiento del rarito es ver si ve a la pelirroja por el público. Al llegar al descanso el partido está prácticamente acabado.

—¿Lo estás pasando bien?

—La última vez que vine estuvo mucho mejor. Ganó Baskonia y estuvo muy igualado. Era súper emocionante.

—Hoy no —le responde el rarito.

—Está aburrido hoy la verdad. Una pena.

—Disfruta del ambiente.

—Sí, mis primos han ido a por bebida y algo para picar. Aprovecharemos para comer algo y así ya no tenemos que preparar cena en la casa.

—¡Pide queso! —le chincha el rarito.

—¡Ja!¡Ja!¡Ja! Eso el martes cuando cenemos.

Siguen hablando un rato hasta que va a volver a empezar el partido y ella le cuenta que sus primos la están reclamando.

El lunes es la festividad de todos los santos. La pelirroja ha ido con sus primos a ver la Ermita de San Juan de Gaztelugatxe. Sus primos le han tomado una foto con el mar de fondo. Lleva una gabardina blanca y el pelo rojo suelto resalta sobre el mar y el cielo azul que dan un contraste de color precioso.

La pelirroja decide cambiar su foto de perfil de la aplicación de mensajería instantánea por esta nueva. No suele cambiar mucho, pero quiere ver si el rarito está atento y le dice algo. No han pasado ni treinta minutos cuando ya está escribiéndole un mensaje.

—¡Qué bonita tu nueva foto de perfil!

—¿Te gusta?

—Estás muy guapa.

—Se me ve de lejos.

—Y el contraste de los tonos de color es increíble.

—En directo era todavía más espectacular.

—No conozco esa zona.

—Te tenías que haber venido.

—Haremos fotos en Nueva York.

—Sigo dudando —le confiesa ella.

—El martes lo hablamos.

—Estoy impaciente.

—Y yo.

—Tengo miedo.

—Disfruta de tu viaje. Ya tendremos tiempo de hablar del resto.

—Ya no me queda nada. Vamos a comer por aquí, por la tarde tranquilos en casa de mis primos y por la noche viaje de vuelta. Me pone nerviosa el avión.

Dejan de hablar. Ella ya ha decidido que no se va a quedar a dormir en Málaga. Ha escrito un mensaje muy corto al malagueño poniéndole una excusa y diciéndole que se tiene que ir esa misma noche. No le ha dado ninguna esperanza de volver a verse.

Sigue teniendo miedo y dudas, pero quiere ver qué pasa con la conversación del martes por la noche.

11

La primera cena

El martes por la mañana el rarito se despierta con dos mensajes de la pelirroja de esa madrugada preguntándole si está despierto. No, no lo estaba y además tiene un sueño bastante profundo, por lo que no oyó llegar los mensajes.

—Estaba dormido —le contesta cuando se levanta—. ¿Qué tal fue el viaje?

—Muy duro —le responde ella a la media hora —Me costaba no dormirme en el coche. Y mira que suelo llevarlo bien, pero era muy tarde.

—Me tenías que haber llamado —le dice él cuando saca un hueco en el trabajo para responder —No oí los mensajes, pero me habría levantado sin problema para hacerte compañía.

—No quería despertarte si ya estabas dormido.

—Tengo facilidad para volver a conciliar el sueño, aunque me haya despertado.

—Yo no. A mí me cuesta mucho dormir.

—En serio, me tenías que haber llamado.

—No pasa nada. Te dejo, que salgo con la bici con tu vecino.

—Luego hablamos.

Ha notado a la pelirroja más distante que en otras ocasiones y aunque ella le dice que no, nota que le habría gustado que ayer respondiese a los mensajes.

Ya tiene reservada mesa en el restaurante para la cena de esta noche. Está nervioso por la cita, aunque confiado en que va a ir genial. Aunque hace nueve días que se conocieron parece que llevan meses hablando. La complicidad es tan grande que incluso le da un poco de miedo a él también. Jamás se lo reconocerá, pues la más mínima duda puede decantar la balanza en su contra y él tiene clara la apuesta. Todo al rojo.

La pelirroja y el vecino del rarito se encuentran en la rotonda de la carretera principal.

—¿Dónde vamos? —pregunta ella.

—Yo prefiero hacer subida que hay menos tráfico —responde él.

—¿Pintoresca? —propone ella.

—Sí, que los molinos son dos horas y no nos da tiempo.

Empiezan en paralelo por la carretera principal que lleva desde Aguadulce hasta la rotonda del Parador. Ella le cuenta su viaje a Vitoria y él le pone al día de cómo va en su trabajo. Al llegar al final del Parador, se ponen en fila de a uno para pasar el Bulevar de Vícar. La pelirroja recuerda que la última vez que pasó por allí fue hace dos domingos cuando después se perdió con el rarito.

Al terminar de pasar Vícar se meten por las carreteras que van entre invernaderos y puede volver a colocarse en paralelo retomando la conversación.

—¿Y cómo se te ocurre volverte sola en el coche a esas horas, mujer?

—No me apetecía quedarme en Málaga.

—Tú lo que tienes es que buscarte un novio para que te acompañe en los viajes.

—¡Qué va! Yo estoy muy a gusto sola —replica ella que lo último que necesita ahora es que le busquen más candidatos.

—Pues ahora se ha quedado soltero un vecino mío —dice él mientras la cara de ella palidece.

—Yo prefiero no complicarme.

—Yo creo que encajaríais perfectamente. Es el rarito.

—Pero si ese muchacho es muy extraño.

—No, no, por las cosas que me cuenta tiene gustos muy similares a los tuyos.

—No creo. ¿Entonces el viernes tienes turno por la mañana o podemos volver a salir?

La pelirroja cambia de tema porque la conversación no estaba yendo nada bien. En cualquier momento iba a decir algo o a poner algún gesto y el vecino podía hilar rápido que ocultaba información. Lo último que quiere es que, antes de decidir nada, empiece a haber comentarios por parte de la gente.

Mientras va subiendo con el vecino, sigue dando vueltas en su cabeza. ¿Cómo van a salir a cenar esta noche? No sabe dónde va a querer ir el rarito, pero seguro que elige algún restaurante con mucha gente y eso es un peligro en un pueblo con tan pocos habitantes; todo el mundo se conoce. Con lo pequeño que es Aguadulce y, aunque sea martes, seguro que se cruzan con alguien. Los van a ver cenando y a la mañana siguiente ya sabrá medio club que han ido juntos a una cita. Tiene que pensar algo para evitarlo.

Cuando llega a su casa, la pelirroja suelta la bici y lo primero que hace es sacar a sus perros que han salido a la puerta a recibirla ansiosos por volver a estar con ella. En cuanto que sube de vuelta a su casa, coge el móvil y escribe al rarito.

—No podemos quedar a cenar esta noche en un restaurante.

—¿Por qué? —responde el rarito casi de inmediato.

—Luego te lo explico.

—Pero pasa algo.

—Nada grave. Luego te cuento.

—Vale. ¿Entonces?

—Quedamos en mi casa.

—¿No vamos a salir por ahí?

—No.

—¿Prefieres que nos veamos en la mía?

—No, no, mucho mejor la mía —responde rápido la pelirroja pensando en aparcar su coche en el barrio del rarito con la cantidad de amigos que tiene por allí —Mi casa está perfecta.

—Pero si la última vez invitaste tú.

—Da igual. Me gusta cocinar.

—Y además llegaste ayer de viaje.

—Siempre organizo cenas en mi terraza. Estoy acostumbrada.

—Ok, como prefieras.

—Prefiero que sea en mi casa —insiste ella, que prefiere salvaguardar el anonimato de la quedada lo máximo posible—. No te preocupes que soy muy rápida preparando la comida.

—No te compliques.

—Descuida que lo tengo todo controlado. —"Menos que me vean contigo por ahí" le falta apostillar al final de la frase.

Sigue con sus dudas. ¿Qué pasa si esta noche hablan y todo es un desastre? Lo mejor es que nadie sepa que han quedado para hablar. No se fía de él. "Sigue teniendo pendiente un duelo" piensa. Y que la gente no deje de sacar su nombre aumenta su miedo; más presión si cabe.

—Vale —contesta él —¿A qué hora quedamos?

—Vente cuando termines de entrenar.

—No será muy tarde. Acabo a las nueve y media y tendré que ducharme.

—Está bien. Así me da tiempo a prepararlo todo.

—Si quieres no voy a entrenar y me paso antes.

—Descuida que no hay prisa.

—Estoy deseando que llegue esta noche —le dice él.

—Ya queda poco —le responde ella, que, aunque también está impaciente, tiene más miedos que seguridades en ese momento.

—Nos vemos luego.

—Claro —responde ella que no está convencida de que no le dé algún otro ataque de inseguridad y acabe cancelando la cita.

Está hecha un mar de dudas, así que llama a su mejor amiga para comentar con ella lo que ha pasado en las últimas horas.

—No sé si es buena idea que nos vean juntos.

—Neni, tienes que decidir si corres el riesgo.

—Ya, pero no lo tengo claro —dice la pelirroja.

—Pues es el momento de decidir. Ya sabes que aquí en Aguadulce todo el mundo conoce la vida del resto.

—No me gusta elegir.

—Pues tienes que hacerlo porque no elegir es una elección.

—Hay mucho riesgo.

—Totalmente.

—Pero me lo paso genial.

—Lo que me cuentas tiene buena pinta.

—Voy a estar todo el día dándole vueltas.

—No pienses mucho y deja que tu corazón te diga que tienes que hacer al final.

—En fin, ya te contaré mañana si al final hemos quedado o no.

Son las diez de la noche cuando toca al telefonillo. La pelirroja le explica que, como el edificio está en una montaña, tiene que bajar, aunque vive en el segundo. Se entra por el quinto y no es la primera vez que sus amigos se pierden al entrar al edificio, incluso habiendo ido más de una vez.

—Al menos tres en el ascensor —termina diciéndole.

Al entrar al portal, el rarito busca las escaleras para bajar. Están escondidas en frente de la puerta del ascensor y no se ven al entrar. Al llegar a la primera planta, duda nuevamente del camino a seguir porque las escaleras pasan a estar al otro lado del ascensor y nuevamente no se ven de primeras. "Habría sido más fácil bajar en ascensor" piensa. El piso es un laberinto digno de la mente retorcida de algún arquitecto con prisa por terminar en el momento del boom urbanístico de principios de los 2000.

Al llegar a la segunda planta, está esperándole en la puerta con sus dos perros y le ve aparecer por las escaleras a pesar de haberle dicho la planta que tenía que marcar en el ascensor.

—No me gustan los ascensores —se justifica él.

—Ya veo —dice ella que tampoco coge el ascensor y sigue asustándose por cómo conectan en múltiples detalles—. Los perros no hacen nada.

—Genial —dice él mientras acaricia a los perros que se han abalanzado sobre él mientras ladran y mueven el rabo.

Se dan dos besos en la puerta de entrada y pasan a la casa. El rarito va con vaqueros, camiseta de algodón y una chaqueta fina de lana ajustada en color negro. Ha buscado un estilo informal para quitarle importancia a la cita. Con los comentarios de ella de no salir a un restaurante ha preferido que el vestuario quitase hierro al asunto. Además, siempre suele ir vestido cómodo en su vida personal, ya que al trabajo tiene que ir más arreglado de lo que él elegiría.

La pelirroja se ha puesto unos leggins de cuero negros, una blusa blanca y una chaqueta de lana tres cuartos negra sin abrochar. Cuando ha elegido su vestuario, en lo que ha tardado más que en preparar la cena, al final se ha decantado por unos pantalones que perfilen sus bonitas piernas, pero con la chaqueta por encima para que quede disimulado el culo. No quiere parecer demasiado atrevida en una primera cita. También ha pensado que con pantalones estaría más cómoda y podría centrarse mejor en la conversación que tienen por delante.

—He puesto la mesa en la terraza —le dice la pelirroja—. Me encanta comer con vistas al mar.

—Son preciosas las vistas, sí. —dice el rarito mientras observa desde el muro la perspectiva de la bahía de Aguadulce.

—Ve sentándote que traigo lo que falta.

Sobre la mesa hay un plato de jamón, un plato de queso, paté, panes de varios tipos y ensalada de salmón.

—Yo creo que con esto tenemos suficiente —le dice el rarito mirando la cantidad de comida que hay.

—No me gusta que la gente pase hambre en mi casa —dice ella a la vez que sale con una pizza de atún y verdura hecha en masa de hojaldre.

La pareja empieza a cenar. Van despacio, dado que tienen mucha conversación y solamente van comiendo de vez en cuando. Para los dos la prioridad está en la comunicación y no en el apetito, que, además, con los nervios es menor de lo habitual.

Se ponen al día de lo que han sido sus vidas durante los últimos años. De las experiencias que han vivido hasta que se perdieron juntos el domingo pasado. El rarito le cuenta su vida con detalle, desde la más profunda sinceridad. Entiende sus dudas y cree que lo mejor es ir con la verdad por delante. La pelirroja pregunta más que cuenta, porque es quien quiere aclarar los puntos para poder iniciar algo.

—Yo te quiero como pareja —le dice el rarito en otro ataque de sinceridad.

—Tienes que pasar tu duelo.

—Claro, y primero tenemos que conocernos. Pero quiero conocerte con esa opción.

—Yo no lo veo nada claro —se sincera ella también.

—De todas formas, a Nueva York podemos ir como amigos y después ya se verá.

—Yo no quiero que el viaje a Nueva York se estropee. Como mínimo, prefiero que seamos amigos hasta ese momento.

—Claro.

—Así, si te arrepientes yo puedo seguir yendo a Nueva York.

—Por mí no hay problema. No tengo prisa —le recalca él.

—Vale, pues nos vamos a Nueva York.

La pareja se mira con una sonrisa, mientras los perros tumbados al lado de la mesa levantan la cabeza reclamando su cena. Después de que la pelirroja ponga de comer a los dos animales, siguen hablando durante un buen rato. Han perdido la noción del tiempo mientras siguen contándose historias y la noche empieza a refrescar.

—Vamos dentro y compramos los billetes —le dice la pelirroja que está impaciente por cerrar el viaje al otro lado del charco.

—Sí, mejor dentro que empiezo a tener frío —le responde él.

12

La segunda despedida

Se han sentado juntos en el salón en una cheslón de color claro bastante grande que está al lado de la puerta de la terraza. Junto al sillón tiene una mesa de centro rectangular blanca sin ningún adorno que usan para poner la *tablet* de la pelirroja en la que van a buscar el vuelo.

Aunque el dispositivo es de ella, se lo ha pasado al rarito porque no le gusta nada la informática y no sería la primera vez que la lía. El rarito tampoco tiene mucho atino con las nuevas tecnologías. ¡Y mucho menos con estas de la manzana mordida! Está en contra de cualquier tipo de monopolio.

Entra en el mismo buscador que usaron para reservar los viajes de fin de año. Mete Nueva York como destino y prueba desde diferentes aeropuertos de España. Tras un par de búsquedas se vuelve hacia la pelirroja que le ha estado mirando atenta durante todo el proceso.

—Yo creo que esta opción desde Madrid es la mejor.

—¿Y no se puede desde Málaga? —pregunta ella.

—Están más caros —responde él—. Son casi cuatrocientos euros.

—Sí que hay diferencia.

—Es que hay mucha compañía de vuelo de bajo coste desde Madrid.

—Pero es mucho más tiempo de coche.

—Aprovechamos, nos subimos unos días antes y vemos Madrid juntos.

—Me parece buena idea.

El rarito vuelve a mirar hacia la *tablet* para ver cuál es la mejor opción.

—Este es cien euros más barato que el siguiente.

—Yo por mí el más barato —dice la pelirroja.

—Pero hace escala en Marruecos.

—Odio las escalas.

—Y no sabemos cómo va a estar la situación post pandemia en cada país.

—Casi mejor descartamos ese.

—Mira, este va directo a JFK.

—Tiene buena pinta.

—Y lleva maleta, para que no tengamos que andar después dando vueltas —dice él mientras la mira y sonríe.

—Anda que la que hemos tenido con la maleta para Praga —se ríe ella.

—Al final nos vino bien —apunta él.

Se deciden por ese vuelo. Los van a reservar, pagará el rarito y después harán cuentas. Cuando va a comprar los billetes salta un mensaje de error. Tiene que volver a entrar en la página. Cuando lo intenta por segunda vez, vuelve a dar otro mensaje de error.

—Estas cosas nunca funcionan a la primera —le dice mientras se da la vuela hacia ella.

—Lo mismo es que no tenemos que ir —dice ella mirándole fijamente para ver su reacción.

—Ya verás como lo conseguimos —apuesta él.

Al cabo de un par de intentos más, al rarito no le queda más opción que darse por vencido. La página web da muchos problemas, con el sistema operativo de la *tablet* no se entera y es tarde y está cansado.

—Mañana lo hago con mi ordenador.

—¿Tú solo? —le pregunta la pelirroja.

—Sí.

—Prefiero que lo hagamos juntos.

—Pues tu *tablet* no me deja.

—¿Y qué hacemos?

—Lo hago con el ordenador.

—Pero prefiero que lo hagamos juntos.

—Puedes venir a mi casa y lo hacemos desde allí —le ofrece él.

—No, no, mejor aquí. No quiero que tus vecinos me vean por allí. Hay demasiada gente del club.

—Sí, se nota que está al lado de la sede.

—Vente a casa otra vez y lo hacemos desde aquí. ¿Te puedes traer el ordenador?

—Claro, es un portátil.

—Pues yo creo que esa es la mejor opción.

—Pero mañana entrenas pronto. A las siete y media tienes que correr.

—Pues antes. Vente sobre las seis y lo hacemos.

—Venga lo hacemos así. Ahora es imposible —dice el rarito que lo ha intentado una vez más y ha visto como volvía a darle error.

—Y si se nos da bien empezamos a mirar hoteles.

—¡Claro!

—Tiene que estar al lado de Central Park.

—¿Para salir a correr?

—Quiero salir a correr todos los días.

—Todos los días es demasiado.

—Yo cuando viajo salgo a correr todos los días.

—¿Y no te lesionas?

—No. Si no quieres no te vengas todos los días a correr.

—¿Y te dejo a ti sola?

—Sí.

—¿Por Central Park?

—Sí.

—Tendré que salir a correr todos los días —se rinde él mientras le dedica la mejor de sus sonrisas.

A ella le recuerda el momento en el que llegaban con la bici hace dos domingos. Cuando no quiso dejarla sola. Esos puntos de amabilidad al acompañarla son un detalle que le gusta mucho de él. Tiene algunas cosas que compensan los riesgos a tomar. Pero le sigue dando pavor romper sus zonas de confianza.

Ha llegado el momento de la despedida. Están en el marco de la puerta de entrada de la casa. La pelirroja ha cerrado a sus perros en el salón para que no molesten. Cuando la pareja se ha levantado, los dos animales se han puesto en pie con ellos por si salían a la calle, moviendo el rabo y mirando con ojos de "a ver si me toca". Cualquier ocasión es buena para ver si pueden encontrar un rato fuera de la casa.

La noche es fresca. Se nota que ya se encuentran en el mes de noviembre y aunque Almería es zona cálida, a las dos y media de la mañana la temperatura es baja. Se les ha ido el tiempo sin darse cuenta.

—Mañana seguimos —dice él.

—Sí, que es tarde —responde ella, mientras mete las manos dentro de las mangas de la chaqueta.

—Y mañana trabajamos los dos.

—Un rollo —dice ella.

Por primera vez en la noche se produce un silencio. Ninguno de los dos quiere que la noche se acabe, pero ha llegado el momento.

Él se acerca hacia ella. No sabe cómo despedirse. No quiere darle dos besos y que parezca que no quiere nada. No quiere besarle la boca y parecer demasiado aventurado a pesar de que la noche ha ido increíblemente bien.

Ella tampoco sabe cómo despedirse. No quiere tomar la iniciativa. Prefiere que sea él quien decida lo que quiere arriesgar. La noche ha sido maravillosa. Todo sigue fluyendo. Parecen hechos a medida uno para el otro. Está dispuesta a arriesgar, pero no quiere ser ella quien dé el paso.

Según se acerca, el rarito nota el perfume de la pelirroja. Es sutil, elegante; no resulta empalagoso. La agarra suavemente del brazo y acerca su cara hacia la suya. Por la distancia que hay no sabe cómo van a despedirse.

Y entonces sus bocas se funden en una sola. En un beso apasionado. Lleno de esperanzas e ilusiones que se han venido fraguando durante los últimos días. Él piensa que ha sido ella quien le ha besado. Ella piensa que es él quien la ha besado. Se han besado los dos. Las ganas han superado a los miedos de ambos y la química que nació desde la primera pedalada juntos ha terminado por desbordarse.

Siguen besándose un rato, mientras las lenguas van cambiando de boca con frenesí. Al final acaban separándose. Lo último son las manos, que siguen juntas hasta que finalmente es físicamente imposible que sigan en contacto.

—Hasta mañana pelirroja.

—Hasta mañana rarito.

Ella se queda mirando como él empieza a subir las escaleras. Le ve marcharse y tiene ganas de que llegue ya mañana y puedan estar juntos de nuevo. Entra y cierra la puesta. "Friqui, pero me encanta" piensa esta vez sin dejar que las dudas venzan la pasión del momento.

13

Sin prisa

La tarde siguiente se ven en casa de la pelirroja como habían quedado al despedirse. Van vestidos con ropa de deporte, pues los dos tienen carrera con su grupo de entrenamiento: ella a las siete y media; él a las ocho y media. Tendrán que darse prisa para comprar el viaje a Nueva York antes de que sea la hora de marcharse.

Cuando llega el rarito, la pelirroja le está esperando en la puerta con los dos perros igual que la noche anterior. Se saludan con dos besos en la cara obviando lo que pasó en la despedida de hace unas horas.

El rarito saca el portátil de la mochila. Es uno de esos finos de marca coreana que recomiendan por su calidad precio los pseudo expertos de internet. Algo utilitario y barato.

—¿Esperabas uno de la manzana mordida? —le dice a la pelirroja al ver su cara.

—Yo no entiendo de tecnología, pero los de la manzana suelen ser los mejores.

—Este era el mejor en calidad/precio en muchos estudios.

—A mí con que nos compre los billetes, me vale.

—¿Dónde tienes la clave de la wifi?

La pelirroja le dice la clave, que ha modificado para que sea fácil de recordar.

—Mucha seguridad no tiene esta clave —le dice el rarito al terminar de meterla.

—A mí me da igual si los vecinos me roban wifi. Yo prefiero que pueda recordarla siempre, que luego se me olvida y la lío.

El rarito termina de entrar en el portátil. En el fondo de pantalla sale una foto suya con sus hijos.

—¿Esos son tus hijos? —le pregunta la pelirroja

—Sí —dice el rarito mientras mira la foto del fondo de pantalla.

—Se parecen a ti —dice la pelirroja.

—Son una mezcla —responde el rarito—. Pero es verdad que tienen bastantes rasgos míos.

Entran en el navegador para buscar los vuelos que quieren comprar. Como ayer ya encontraron el vuelo que mejor les encaja, han ido directamente a la página de la aerolínea. Parece que les deja empezar la compra sin problemas.

—Mira incluye una maleta facturada para cada uno —le dice el rarito.

—Así evitamos problemas posteriores —contesta aliviada la pelirroja.

—Pues sí, que en este vuelo hay que llevar bastante ropa.

—Sí, tenemos que correr todos los días por Central Park.

—Y hará frío, así que tendremos que llevar ropa de abrigo.

—Que exagerado eres.

—No será el primer puente de diciembre que nieva en Nueva York.

—Pues estaría muy bonito.

—Sí, pero para visitar la ciudad no es lo mejor.

—A mí me gustan las cosas bonitas.

—A mí, también, pero debe tener una mezcla con ser útil.

—Pues a mí me gustaría que nevase —sentencia ella.

Terminan de comprar los billetes. Esta vez no han tenido ningún problema y la compra es bastante rápida. El rarito paga con su tarjeta los vuelos.

—Voy a hacerte *bizum* —le dice la pelirroja.

—Ahora nos toca dinero va, dinero viene —dice él riéndose.

—Que va. Esta vez te lo mando y como ya está comprado, listo.

—A ver si no nos cancelan nada como la última vez.

—Esperemos —dice con esperanza la pelirroja.

Están sentados en el sillón, uno al lado del otro con el ordenador en la mesa de centro. Los perros observan al rarito tumbados desde el suelo del salón esperando su oportunidad de encontrar una muestra de cariño o algo de comida.

—Hay que sacar también el hotel —le dice la pelirroja al ver que han terminado con los vuelos.

—Sí, tenemos que pensar bien la localización y ver cuánto nos gastamos.

—Yo prefiero que sea cerca de Central Park para salir a correr por las mañanas.

—Central Park está muy arriba de Manhattan. Después será peor para conocer la ciudad.

—Yo lo prefiero.

—Pues cerca de Central Park —le dice el rarito mientras la mira y pone su mejor sonrisa.

En ese momento los dos chicos vuelven a fundirse en un beso. Esta vez empiezan con calma, no es el momento de la despedida. Están un rato abrazados besándose, acariciándose. Disfrutando de la emoción que se agarra al estómago en esos primeros instantes.

—Me da miedo que no lleguemos a Nueva York —responde ella.

—Seguro que nos vamos de viaje.

—Y si sale mal es horrible que seamos del mismo club.

—No te preocupes, que va a salir bien. Estoy convencido de ello. No quiero que vayamos con prisa. Tenemos que tomarnos el tiempo que necesitemos.

—Vale —dice ella poco convencida de lo que significa eso.

Vuelven a besarse con pasión durante un rato, hasta que llega la hora de bajar a entrenar para la pelirroja. Los muchachos salen juntos de la casa.

—Ahora te veo en el entrenamiento —le dice el rarito mientras se ríe.

—Ni se te ocurra saludarme —le responde ella.

—Será divertido ver tu cara.

—No te la juegues, rarito.

—Adiós —le dice él con una sonrisa que delata que disfruta viendo como ella sufre con tener que verse delante de la gente.

El jueves la pelirroja tiene turno de mañana y tarde; catorce horas de hospital saliendo a las diez de la noche. Eso hace que no puedan hablar mucho durante todo el día. Algún mensaje de "¿Cómo vas?" o "¿Qué tal?" y poco más. La pelirroja aprovecha su turno para desayunar con dos de sus amigas a las que pone al día de la situación. Una de ellas es la gallega que estaba en la cena en la que salió el nombre del rarito.

—Pero no se lo digas a nadie —termina diciendo la pelirroja.

—Sí, sí, descuida, yo callada como una tumba —responde su amiga.

—Este fin de semana vamos a quedar.

—Ya me imagino.

—Pero no sabemos dónde ir para que no nos vea nadie.

—Es complicado. Almería es muy pequeña.

—Hemos pensado en ir a Granada, que es muy romántico.

—No te lo vas a creer, pero nosotros estamos pensando en ir a Granada este fin de semana —le responde su amiga riéndose.

—Ya no voy.

—Además, que en Granada siempre te encuentras a alguien de Almería paseando.

—Me veo encerrada en la casa —responde la pelirroja.

—Nosotros la otra opción que tenemos es irnos a Las Negras.

—Qué bonito. Me encanta la zona del Cabo de Gata.

—Se te ve ilusionada con el rarito —le dice su amiga.

—Tengo miedo.

—Normal.

—No ha pasado su duelo.

—Bueno, no siempre es necesario.

—Yo creo que sí y me da terror.

Al llegar a casa desde el hospital, la pelirroja se quita la ropa y se mete a ducharse. No tarda mucho, sale y se pone directamente su albornoz para ir a prepararse algo de cenar, pues viene muerta de hambre. Cuando ya tiene la sartén puesta en el fuego, aprovecha para escribir al rarito mientras se van cocinando las verduras.

—Ya estoy por casa.

—¿Ha ido bien el viaje de vuelta?

—Sí, sin problema. Lo que más miedo me da es dejar el coche en el garaje.

—Pues ya estás en casa tranquila.

—¿Qué tal ha ido tu entreno?

—Bien, hoy no he tenido que saludarte a escondidas.

—¡Ja!¡Ja!¡Ja! Ayer me dieron ganas de matarte. ¡¿Cómo se te ocurre?!

—Fue un saludito clandestino.

—La gente lo nota. Y no quiero que se entere nadie.

—Esto es muy pequeño para que no se entere la gente. Tendrás que asumir el riesgo tarde o temprano.

—Vamos a ver cómo evoluciona —responde ella.

La pareja empieza una conversación que se prolonga durante dos horas. Cuando se dan cuenta son más de las doce de la noche y siguen enganchados al móvil.

—Para estar así, me podía haber ido a tu casa —le dice el rarito, al darse cuenta de la hora que es.

—¡Vente! —le responde de inmediato la pelirroja sin pensarlo.

—¿No es muy tarde?

—Si te quedas en tu casa vamos a seguir otras dos horas de móvil.

—Pues sí. Seguro que ganamos tiempo si voy a tu casa.

—Decidido —concluye la pelirroja.

El rarito deja el móvil y prepara una bolsa para pasar la noche y la ropa para poder ir a trabajar. Baja los seis pisos por las escaleras a toda velocidad. "Seguro que nunca he bajado tan deprisa" piensa mientras va bajando.

El viaje son apenas diez minutos de coche. Aparca y toca al telefonillo de la pelirroja. Baja y la puerta está abierta con los dos perros esperándole al lado de las escaleras. Cuando ven que llega se ponen contentos y saltan para darle la bienvenida.

La pelirroja le ha esperado dentro de la casa aún en albornoz. Al entrar se besan directamente. En esta ocasión no hay conversación ni saludo inicial. Van directos al dormitorio de ella y caen sobre la cama los dos. Uno al lado del otro, se miran bajo la luz de la luna que entra por la puerta que da a la terraza.

Los detalles escabrosos se pierden en la oscuridad de la noche. La pasión vence a la intención de ir sin prisa.

14

Pillados en bicicleta

Es viernes noche y cada uno ha quedado para salir por su cuenta. La pelirroja está con dos amigas de su barrio de toda la vida tomando una cerveza por un bar del centro de Almería. Hace mucho tiempo que no las veía y le apetecía verlas, pero está pensando todo el tiempo en él.

Se están poniendo al día de las últimas novedades en la vida de cada una, porque hace más de dos meses que no se ven. No ha mencionado en ningún momento al rarito porque prefiere no tener que dar explicaciones antes de tiempo.

De repente le vibra el reloj. Al girar la muñeca, ve que tiene un wasap del rarito mandándole una foto con un mensaje donde pone "Cenando al lado de tu casa" junto con el emoticono del corazón.

Son las once y media de la noche y las tres amigas deciden dar por terminada la velada. Es pronto, pero una de ellas tiene un bebé recién nacido y no quiere que se demore la noche. La otra amiga tiene esperando a su marido y a sus dos hijos en casa y también prefiere marcharse temprano. La pelirroja tiene a sus dos perros esperándola en casa y prefiere igualmente acabar pronto pues la semana ha sido muy dura y ha dormido poco.

—Me voy ya para casa —le manda por wasap al rarito antes de coger el coche de vuelta a Aguadulce.

El rarito está en un bar de tapas típico en la avenida que conecta las colinas con la carretera principal del pueblo. Está cenando con sus dos mejores amigos, a los que pone al día de cómo va la situación con la pelirroja y con su antigua pandilla de carreras, a los que llevaba tiempo sin ver.

Su pandilla de carreras no da crédito. Les sorprende que haya encontrado una nueva pareja, porque ni siquiera sabían que había roto con la anterior pues hace más de un mes que no sabían de él.

—Lo mejor de todo es que me voy a ir a ver al Ingeniero —dice el rarito refiriéndose a su viaje en el que tiene intención de ver al compañero de carreras que tienen viviendo en la Gran Manzana.

—¿En serio? —le contesta al unísono el grupo de carreras.

—Sí, me voy a Nueva York de viaje.

—Eso no te lo perdonamos —dice una de ellas—. Que íbamos a ir todos juntos a verle.

—Es una ocasión especial —responde él.

—Claro, tienes que aprovechar el momento —contesta otro de ellos.

—Le diré al Ingeniero de vernos.

—Seguro que hace un hueco. Está deseando que vayamos.

—La pena es que no podamos correr juntos por Central Park —dice otro de los miembros del grupo de carreras.

—Sí, pero ya habrá tiempo de repetir —se excusa el rarito—. Correré yo por todos.

—¡Qué cabronazo! —dice su amigo con el que ha corrido codo a codo en las mejores carreras.

En ese momento empiezan a recordar los viajes que han hecho para correr. Han estado en Granada, en Berlín, en Madrid, en Ámsterdam, en Sevilla, … Siempre encontraban un nuevo destino para ir a echar una buena tirada juntos. Lo de menos era la carrera que servía de excusa para organizar un viaje.

Cuando terminan de cenar salen y se despiden. El rarito se va con la pareja del grupo de carreras que son vecinos suyos y le han traído en el coche. Ve el mensaje que le ha mandado la pelirroja cuando ya han empezado el camino hacia su barrio.

—Yo acabo de terminar —responde el rarito.

—¡Qué pena que no nos hayamos visto hoy! —le dice la pelirroja.

—Y estoy al lado de tu casa —responde él.

—Pues te podías venir dice ella.

—Me han traído en coche —dice él.

—¡Qué pena! —contesta ella.

—La verdad es que si me voy a casa vamos a volver a estar dos horas hablando por teléfono dice él.

—Es mejor que te vengas.

—Así nos vamos antes a dormir —contesta él de forma irónica.

—Pues sí.

—Voy a pasar por casa y cojo ropa.

—Una lástima estando al lado.

—Sí, lo teníamos que haber pensado antes. Tardo quince minutos en bajar y volver a subir.

—Como quieras.

El rarito baja, rehace una pequeña bolsa con lo necesario como hizo la noche anterior y se va rápidamente a su coche. ¡Parece un *déjà vú*! Tarda poco más de quince minutos en llegar. En otro momento que parece repetirse constantemente en los últimos días, la pelirroja le está esperando en la puerta cuando llega junto a los dos perros que salen a darle la bienvenida como si fuera ya uno más de la familia.

—Se ha hecho interminable la espera —dice ella.

—Sí. He ido lo más rápido que he podido contesta él —se excusa el rarito.

—Eres muy lento —replica ella con una mirada desafiante.

—O tú muy impaciente —contesta él sonriendo.

Según terminan de cerrar la puerta de entrada, se funden en un abrazo mientras se besan de forma apasionada.

Han decidido irse a San José a pasar el sábado y el domingo. Están cenando en una pizzería, que pese a ser sábado por la noche está completamente vacía. El local un sitio de moda antiguamente por ser de un italiano que vivía en San José, ha sido traspasado ya en un par de ocasiones y ahora lo llevan personas de origen árabe, lo cual resulta un poco raro para un restaurante de comida italiana. La multiculturalidad del siglo XXI queda patente.

Se han sentado dentro del local porque fuera hacía fresco. Van a dormir en casa de una prima de la pelirroja, que al igual que ella es enfermera. Es su residencia de verano y ahora en noviembre el piso está vacío. Antes de venir al local han pasado por casa de la tía de la pelirroja para que ella recogiese las llaves.

Se han traído las bicicletas con la intención de salir mañana por la ruta de un famoso triatlón de media distancia de la zona. Una ruta de ochenta kilómetros entre la ida y la vuelta que discurre por el paraje del parque natural del Cabo de Gata con vistas que son postales del mar mediterráneo en varios de sus puntos.

No se han traído los perros a San José porque a sus primos no les gusta que duerman en el apartamento. Sueltan mucho pelo y lo ponen todo perdido. Antes de venir han pasado por casa de la madre de la pelirroja para que se quedase con ellos hasta mañana por la tarde que vuelvan.

La pelirroja se ha llevado una libreta al local. Todavía no tiene claro que sea buena idea empezar una relación pública con el rarito y quiere que hagan una lista de pros y contras juntos para valorar la situación. Mientras esperan la comida ella abre la libreta y hace dos columnas una para pros y otra para contras.

—Eres del club de triatlón —empieza ella mientras lo apunta en la lista de contras.

—A los dos nos gusta hacer deporte —rebate el rarito para igualar la contienda.

—Tienes hijos —apunta ella como segundo contra.

—Son mayores, ya no viven conmigo y no quiero tener más hijos —responde el rarito para volver a igualar la contienda.

—No te gustan los perros —insiste la pelirroja en buscar contras.

—Me gusta viajar —contraataca el rarito antes de que haya terminado de apuntar.

—¿Solamente vas a dar pros?

—No, empezaré a dar contras cuando tu des pros —le responde el rarito con una sonrisa.

—Nueva York —dice él para aumentar la lista de pros por encima de la lista de contras.

—Ese no vale —responde la pelirroja—. Está unido al de viajar.

—¡Ja!¡Ja!¡Ja! Pero nos vamos a Nueva York —le dice el rarito.

—No has pasado el duelo —dice ella.

—Ese tampoco vale —contesta el rarito mientras le para la mano para que no lo escriba en la libreta—. No hay duelo pendiente.

—Yo creo que sí —contesta ella mientras le mira a los ojos fijamente.

Los ojos de la pelirroja son de varios tonos. Es difícil saber cuál es el color que predomina. Tiene algo de verde, algo de marrón, algo de gris. El rarito saca su mejor sonrisa.

—Apunta como pro que tienes unos ojos preciosos.

—Tendría que apuntar como contra que eres raro.

—Todos somos raros.

—Eso no es verdad. Yo soy normal.

—¿Tú? ¿Normal? —dice el rarito mientras se ríe a carcajadas.

—Es verdad. Yo soy muy normal.

—Pero si no cumples ninguno de los clichés de la sociedad actual.

—Yo soy normal sin clichés y tu raro con clichés.

—Claro. Si fijas tú la normalidad desde tu punto de vista.

En ese momento llega la camarera con las dos pizzas que han encargado y les interrumpe.

—¿Cuatro quesos?

—Son las dos para compartir.

—Perfecto, dejo las dos por aquí entonces.

—Gracias.

La pareja cierra la libreta que colocan sobre una de las sillas vacías que está al lado de la mesa. Empiezan a partir las dos pizzas que desprenden un olor fantástico. Se ha hecho un poco tarde y el apetito se deja llevar por el olfato.

—Lo de la lista no ha servido para nada.

—Ya sabías todo lo que hay ahí. Se trata de decidir si quieres correr el riesgo —dice el rarito mientras mira a la pelirroja fijamente a los ojos—. Yo apuesto por nosotros. ¿Y tú?

Al final decidieron venir a la zona del Cabo de Gata por el miedo de la pelirroja a encontrarse con algún conocido en Granada, pero especialmente por poder salir con la bicicleta la mañana del domingo por un paraje tan espectacular.

Se les ha hecho un poco tarde, porque ayer decidieron no poner el despertador. Aunque la ruta es larga no tienen prisa por volver y así han podido descansar después de una intensa semana.

Salen a desayunar a uno de los bares que está en la calle principal de San José antes de iniciar la ruta que los llevará hasta Aguamarga. Piden un café solo para la pelirroja, un vaso de leche para el rarito y dos tostadas integrales de queso fresco con aguacate y base de tomare y se sientan en una de las mesas de la terraza que está al sol para disfrutar del desayuno.

Ponen las bicicletas al lado de la mesa. San José es un sitio bastante tranquilo en invierno, en claro contraste con el bullicio veraniego, y no hay prácticamente nadie por la calle, así que no hay ningún peligro. Se respira tranquilidad en el ambiente.

Mientras degustan el desayuno que acaba de traerles la camarera, se van contando las historias de cuando ambos han hecho esa ruta. La primera parte es en subida, terminando en un repecho que sube al Mirador de la Amatista. Un sitio con unas vistas espectaculares, y que a pesar de ser un repecho corto exige de mucho esfuerzo por sus elevadas pendientes incluso cuando se sube con un vehículo a motor. Después tendrán que afrontar alguna subida más, antes de llegar a la bajada hasta Aguamarga. Dada la dificultad de la ruta, se toman las tostadas con ganas sabiendo que después quemarán mucha energía.

Cuando terminan, el rarito paga el desayuno y se montan en la bici.

—Venga que al final se nos hace tarde —le dice la pelirroja.

—Tiene pinta de que va a apretar el sol —responde él.

—Y no llevamos ni mucha comida ni agua —responde ella.

—¡Vamos! —responde él—. De todas formas, podemos comprar cosas allí si vemos que nos falta algo.

Han pasado la primera parte del recorrido. Después de ascender al mirador, y de ir rodeados por los paisajes marinos de fondo, ahora bajan por el Valle de Rodalquilar, que en esta época del año ya está sorprendentemente verde.

—¡Qué bonito! —dice el rarito.

—Espectacular —dice la pelirroja—. Aunque a mí la zona que me encanta es la de Genoveses.

—Ayer corrimos por allí.

—Sí, los colores me parecen más intensos.

—Son paisajes diferentes —responde el rarito.

—Sí, pero a mí me gusta más el otro. Genoveses es mi playa fetiche.

Genoveses es una playa del Cabo de Gata que está a la espalda de San José. Con forma de medialuna, en un entorno natural salvaje, se ha salvado de la construcción desmesurada de la costa del Mediterráneo. Cuenta con unos pequeños árboles antes de entrar, una montaña en cada uno de los extremos de la playa y un amplio campo, que en esta época del año empieza a mostrar la floreciente vegetación del otoño. Un lugar de película.

Ayer fueron corriendo desde el apartamento de sus primos, haciendo un poco de Trail. Subieron por la zona de atrás de San José hasta bajar a la playa por un escarpado camino que acabó desembocando en el camino principal de tierra. Ahí giraron hacia la derecha volviendo al pueblo de San José por el antiguo molino.

—Yo voy mucho a Genoveses en verano con mis primos —le dice la pelirroja.

—En verano cortan la entrada de los coches.

—Bajamos andando por el camino que te enseñé ayer.

—Pues hay un caminito para ir cargado ¡eh!

—Otras veces vamos en barco.

—¿Tienes barco?

—Sí, mi prima la enfermera y su marido tienen un barco. Es pequeño, pero puedes ir con él a todas las calas.

—Suena genial.

Ella le devuelve la sonrisa, mientras continúan avanzando por la sinuosa carretera que recorre el valle.

Al termina de cruzar Rodalquilar, tienen que afrontar una pequeña subida que los llevará al cruce de carreteras donde se desviarán del mar, dejando las Negras al lado derecho para dirigirse hacia Fernán Pérez. Al ir subiendo una de las rampas, van en paralelo por el poco tráfico y el ritmo sosegado, cuando aparece un coche a lo lejos. A medida que el vehículo se acerca, la pelirroja se da cuenta de que es su amiga gallega con su novio roquetero y se lo dice al rarito.

—¿Nos han visto? —pregunta él cuando pasa el coche por el carril contrario al suyo.

—¡Claro! —dice ella mientras gira la cabeza hacia atrás—. Están parando.

—¿Bajamos a saludar? —dice el rarito.

—Evidentemente—responde la pelirroja—. No vayas a decir nada.

A lo que el rarito contesta con una sonrisa, mientras ambos dan media vuelta con la bicicleta y bajan hasta donde ha parado el coche de los amigos.

—¡Iba haciendo un vídeo! —le dice su amiga según se ven—. Justo le he dicho al roquetero que esto estaba precioso e iba grabando cuando habéis aparecido en la carretera.

—La verdad es que está todo precioso —le dice la pelirroja.

—Venimos de Las Negras —le responde su amiga.

—Nosotros de San José. Vamos dirección Aguamarga —aclara la pelirroja.

—Llevad cuidado, que esta carretera es peligrosa —les dice el roquetero, que no realiza ninguna de sus bromas habituales.

—Sí, siempre hay que ir con mil ojos en la bicicleta —responde el rarito que mide sus palabras para no ser reprendido por la pelirroja.

—Vamos a seguir nosotros —dice la amiga para acabar con la incómoda situación —Que vamos a comer por la Isleta.

—A mí me gusta el restaurante que está pegado a la playa —le dice la pelirroja—. Hacen un arroz muy bueno.

—Tenemos reservado en el del acantilado —le responde la amiga.

—Tienen un pescado muy bueno —apunta el roquetero—. Aunque es caro.

—Yo he estado y me gusta —le responde el rarito.

Los cuatro se despiden y cada pareja sigue su camino.

—No nos hemos ido a Granada para no encontrarnos con nadie y nos los cruzamos aquí —le dice la pelirroja al rarito cuando reemprenden la marcha.

—Ya te dije que Almería es muy chica para que no nos encontremos con nadie.

—Y el roquetero ya tenía que saber que estamos conociéndonos porque no ha dicho nada.

—Lo mismo no ha querido ponerte en un aprieto.

—Es normal que mi amiga se lo haya contado, pero ellos son de mi confianza no van a decir nada.

—Yo no se lo he dicho a nadie del club.

—¡Tú no se lo tienes que decir a nadie!

—¿Y tú sí?

—Mis amigos son del club.

—Yo también tengo amigos en el club.

—Pero no como los míos.

—Claro, porque son tuyos.

—¡Exacto! Veo que lo has entendido —dice la pelirroja riéndose.

—Eres un poco chunga, ¿no? —le responde el rarito riéndose también.

—¿Por qué quieres que lo sepa la gente? —dice ella en una pregunta trampa.

—A mí me da igual que lo sepan. Lo que me fastidia es no poder salir a cenar o ir a Granada por si nos ve alguien.

—Poco a poco —dice ella—. Yo sigo teniendo miedo de que esto sea algo pasajero.

—Aquí sigo —le dice él mirándola con una sonrisa.

Lo que resta de camino transcurre por una parte del parque natural más alejada de la costa. El paisaje, aunque sigue siendo bonito es mucho más sobrio. Van por carreteras secundarias, que tienen poco tráfico, pero que están bacheadas y no tienen arcén. Así que alternan tramos en los que van juntos hablando, con tramos de poca visibilidad en los que se colocan en línea para no correr peligro innecesario. Tras un par de horas de bicicleta llegan a Aguamarga cerca de las doce de la mañana.

—¿Te gusta Aguamarga? —le pregunta la pelirroja.

—Solamente he llegado hasta el cartel de la entrada con la bici. No he entrado nunca al pueblo.

—¿En serio? —dice la pelirroja olvidándose que el rarito es de fuera.

—Sí, ya te he dicho que vine una vez con la bici, pero dimos la vuelta en la entrada como se hace en el triatlón.

—Vamos con la bicicleta a ver la playa.

—¡Vamos!

—Mira allí hay un bar con mesas y vistas. Yo quiero un café.

Llegan al bar que tienes las mesas prácticamente en la playa y se sientan en una de las mesas contemplado el mar. La Pelirroja se toma un café, mientras el rarito se toma un acuarius.

—La verdad es que es todo precioso.

—Sí, increíble —le responde ella.

—Nos quedan dos horas de vuelta y se nos va a hacer tarde.

—No pensé yo que fuésemos a tardar tanto.

—Y se están metiendo las horas de más calor.

—Ya nos vamos, aguafiestas. Pero antes pasamos por la plaza del pueblo para que la veas.

—¿Pilla lejos?

—No, son cuatro calles.

—Veamos esa plaza entonces —dice el rarito levantándose y ofreciéndole ayuda a ella para que se levante.

Al montar en la bicicleta la pelirroja mira al rarito que ya ha salido en dirección a la plaza. La verdad es que las salidas de bici juntos son muy especiales. Y el resto del tiempo que están juntos lo pasan genial. No sabe si está más emocionada o asustada. Y ya han empezado a encontrase a gente por la calle. Tiene que tomar una decisión rápida porque el secreto no es sostenible.

15

Las semanas vuelan

Las siguientes semanas son una vorágine de acontecimientos que se van sucediendo y que enganchan uno con otro, encajando perfectamente en sus vidas.

Han decidido irse a vivir juntos a la casa de la pelirroja. Prácticamente no lo han decidido, sino que han sido los acontecimientos los que han provocado la mudanza paulatina del rarito.

Han quedado todas las tardes para planificar el viaje a Nueva York. La pelirroja le ha regalado una guía de viajes y los chicos han pasado los días viendo las excursiones que quieren hacer, los espectáculos a los que ir, los rascacielos que visitar, ...

Además, están entrenando juntos fuera de los entrenamientos grupales. Aprovechan para salir con la bicicleta, a correr o a nadar de forma adicional a los entrenamientos de equipo sin que nadie se entere. Manteniendo la discreción que la pelirroja necesita por el momento.

Por las noches cenan juntos en la terraza de la pelirroja. A pesar de que es invierno, el plácido otoño almeriense les permite disfrutar de la tranquilidad y las maravillosas vistas al mar que se ven desde las Colinas de Aguadulce.

—No entiendo que la gente no use sus terrazas —le ha dicho ella en más de una ocasión.

—Se está en la gloria —admite él.

—Me encanta mi terraza.

—Tiene muy buenas vistas.

—El muro es más bajo y tiene huecos por los que ver, me parece fundamental.

—Deberíamos de comprar una mesa alta con bancos para tener mejores vistas.

—Me encantan las mesas altas.

—A mí también. Decidido.

A las dos semanas de perderse con la bici participan en un duatlón cros que se celebra en Viator. Es un circuito provincial, con organización de "andar por casa" y las inscripciones son gratuitas. La pelirroja ha hecho todas las pruebas desde finales de verano y ahora le pide al rarito que se apunte con ella a ésta.

El rarito no estaba compitiendo últimamente. Desde la pandemia de 2020 no se ha apuntado a ninguna prueba, pero la idea de ir con la pelirroja hace que se anime a apuntarse en la prueba.

Van juntos al duatlón en el mismo coche. El rarito ha tenido que pasar a recoger la bicicleta de la hija de uno de sus mejores amigos del club de la pelirroja para que pueda competir.

—Vendí la mía y me tengo que comparar otra —le ha dicho la pelirroja—. Mientras tanto tendré que apañarme con esta.

—A tu amigo le ha parecido raro que pase yo a por la bici.

—Normal, antes nunca hacíamos nada juntos. Pero es que si no, no puedo competir.

—He tenido que montarla en mi coche con mi bicicleta de montaña y casi no cabían las dos juntas.

—Pero si entran en mi coche y es mucho más pequeño.

—Ya me habría gustado ver cómo lo haces.

A la pelirroja se le dan muy bien la carrera y la bici y estas pruebas cortas son su especialidad. "La primera de mi pueblo" como dice ella para restarle importancia al resultado, pues no le gusta alardear.

Como es una prueba local y no hay muchos participantes, han salido juntos todos los participantes sin distinción de género. En la salida han mantenido un poco las distancias porque la pelirroja quería evitar comentarios de la gente, pero el rarito cree que, después de haber llegado juntos en el coche, será difícil que la gente no hable.

—No puedes vivir pendiente de lo que diga la gente —le insiste el rarito.

—Es demasiado pronto —le responde ella.

—Al final es muy difícil mantener el anonimato si vamos a los sitios juntos.

—Bueno, pero prefiero que se hable lo menos posible por si sale mal.

En la primera carrera, la pelirroja ha terminado por delante del rarito, que, además, como está empezando se toma las transiciones entre una y otra disciplina con especial precaución. Al cabo de un rato del sector de bici, el rarito adelanta a la pelirroja.

—¿Cómo vas?

—¡Bien! —le contesta ella que va en la bici con la rubia, pues tienen un nivel similar y aprovechan para hacer estas pruebas juntas.

—Yo voy tirando —dice el rarito que sigue hacia adelante sin parar en la cuesta consciente de que no se puede hacer grupo entre personas de diferente género.

En uno de los desvíos, el rarito sigue la flecha que indica a la derecha, si bien el circuito está poco señalizado y tiene dudas. Tras cuatro kilómetros, vuelve a adelantar a la pelirroja.

—Pero si ibas por delante.

—No habéis hecho bien el circuito.

—Yo creo que te has perdido tú.

—Había una flecha en el suelo —le responde él.

Cuando el rarito está llegando al final del recorrido no consigue encontrar por dónde es la última parte del circuito y se tira un rato dando vueltas por una de las colinas que hay cerca de Viator. En esta parte de Almería el paisaje es desértico y el sol de justicia a media mañana no deja sitio para esconderse de él. Al llegar al final de la bicicleta ve que la pelirroja ya ha terminado la prueba entera.

—¿De dónde vienes? —le pregunta ella extrañada

—No encontraba el camino de vuelta.

—¡Ves! Te has perdido.

—La primera vez yo creo que lo hiciste mal.

—Me ha salido la distancia que marcaba.

—Pues no sé qué decirte.

—Venga que te falta la segunda carrera.

—Paso de correr otra vez que hace mucho calor y no apetece ya.

El rarito que solamente ha ido a la prueba por acompañar a la pelirroja decide abandonar. Es la primera carrera que no termina en su vida, pero le da igual porque prefiere quedarse ya con ella y el resto del grupo.

El fin de semana siguiente el rarito le va a preparar uno de sus arroces para comer. Siempre se le ha dado bien el momento cocina del fin de semana. Opta por no arriesgar, así que lo hará de pollo y verduras que es el plato que más veces ha preparado. Un clásico.

Para darle un toque más saludable, ha decidido hacerlo con arroz integral y cúrcuma. Sabe que a la pelirroja le gusta el toque sano en las comidas y quiere quedar bien. Pimientos rojos y verdes; cebolla, que, aunque no debería llevar el arroz, sabe que a la pelirroja le gusta; caldo de pollo; ajos y tomate; … lo tiene todo preparado para irlo preparando poco a poco. Saca su tabla y su cuchillo de pelar verdura. En ese momento llama la pelirroja al telefonillo.

Cuando entra a la casa, el rarito le ofrece un vermut que ella rechaza, optando mejor por una cerveza fría que se echa en una copa. El rarito va a empezar limpiando y partiendo el pollo.

—¿Por qué le quitas la piel y el hueso?

—Para que sea más fácil de comer.

—Pero le quitas sabor.

—Ya se lo da el resto de las cosas.

—En mi familia nunca se ha quitado.

—¿Vas a protestar por todo?

—Yo era por ayudar.

Después de poner el pollo a freír, el rarito empieza a partir las verduras.

—A mí no me gusta usar tabla para cortar las verduras.

—Pues yo no sé partir sin tabla.

—Vas más lento.

—Hay que disfrutar cocinando.

—Pero tengo hambre.

—Disfruta de la música —le dice el rarito que ha puesto canciones de Leiva en una aplicación de música de la televisión.

—Parte las verduras más grandes.

—A mí me gustan en juliana.

—¿En qué? Déjate de rollos y parte más rápido —le dice la pelirroja mientras le quita el cuchillo y empieza a partir ella.

Cuando ya está hecho el sofrito, el rarito pasa a añadir el caldo.

—¿No echas primero el arroz?

—Leí que en la paella se echa primero el caldo.

—Pues yo creo que va primero el arroz.

—Sí, lo voy a echar ya. No te preocupes.

—No sabes hacer arroz.

—Llevo veinte años cocinando arroz.

—Pues eres muy lento para llevar tantos años.

—Cocinar es un arte.

—Así te falta tiempo luego para entrenar.

—Con sacar una hora al día tengo.

—Necesitamos entrenar más.

—Y me gusta descansar los viernes.

—Eso no puede ser.

—¡No creas que voy a entrenar más de una hora diaria! —le dice el rarito mientras sonríe.

—Venga, termina el arroz que estoy muerta de hambre —dice la pelirroja mientras piensa que tendrán que entrenar más tiempo, aunque él no quiera.

—Esto tiene su tiempo.

—No puede tardar tanto en cocer el arroz —dale más caña, dice la pelirroja mientras sube el fuego.

El rarito se rinde resignado a la impaciencia de la pelirroja, viendo que el arroz quedará duro y que no es la comida que él quería preparar.

Una amiga granaína de la pelirroja ha venido a hacerle una visita. Vive en Londres desde donde trabaja para una revista haciendo valoraciones de hoteles de lujo. Ha aprovechado que tenía que pasar a ver un hotel por Málaga para hacer una visita primero a sus padres y después a la pelirroja. Son amigas desde hace mucho tiempo. Una amistad labrada en la época juvenil cuando compartieron pandilla de amigos e hicieron migas de forma inmediata.

La granaína es de esas personas que te lo dicen todo, con una sonrisa en la cara, pero prefieren no callarse las cosas. Por eso congenia tan bien con la pelirroja, no tienen pelos en la lengua. Si en la actualidad existieran los aquelarres, las conversaciones de las dos amigas serían lo más parecido a uno.

—No sé tía, a mí no me convence la historia —le dice la granaína con un acento marcadamente andaluz que contrasta con el deje más murciano de la gente de Almería.

—Tu nunca ves nada claro, granaína —le replica la pelirroja.

Han ido a hacer un sendero que sale de la Isleta del Moro dirección hacia San José; es de ida y vuelta por lo que están volviendo por el mismo camino por donde fueron hace una hora. Ellas dos se han adelantado, mientras el rarito va tirando piedras a los perros que corren de un lado para otro en busca de su efímero tesoro hasta que se lanza el siguiente proyectil que deben ir a buscar.

El camino es una pista ancha, por la que no pasan coches porque en algún punto se estrecha y tiene zonas de piedras y terreno roto. Para andar no requiere ir concentrado y se puede hacer de forma relajada. No tiene ninguna dificultad más allá de alguna subida que necesita de un poco de condición física que todo el grupo cumple sobradamente.

Las vistas del mar mediterráneo que va recortándose continuamente contra la costa, son la parte que ameniza el camino y le confiere su carácter. Además de los senderistas, de vez en cuando pasa algún grupo de ciclistas sobre sus mtb, pues el camino resulta también bastante apto para la práctica de la bicicleta de montaña.

—Si no ha pasado su duelo, yo no me fiaría —le dice la granaína a la pelirroja en tono bajo por si el rarito se acerca por detrás y las oye comentar el tema.

—Eso también lo pienso yo, que tiene que pasar su duelo.

—A ver que el chaval es majo, porque es muy atento y agradable —pone como punto positivo la granaína —, pero jugarte tú estabilidad por algo que puede durar muy poco, yo no lo veo.

—Ya, sé que tiene mucho riesgo.

—Tú mejor tíratelo una temporada y después le das matarile. Hasta Nueva York y luego puerta.

—¡Ja!¡Ja!¡Ja! ¡Para eso me tenía que haber quedado al de Málaga! El rarito es del club y después tendría que verle todo el tiempo.

—¡Qué se busque otro club! ¡Qué tú estabas primero!

—La verdad es que tenemos tantas cosas en común. La vida fluye sin necesidad de que tengamos que decidir, planear o forzar. Está siendo todo de cuento.

—¿Y a mí porque no me pasan esas cosas tía?

—Ya te llegará, que yo llevo mucho más tiempo que tú soltera.

—Pero es que yo me quiero echar un novio. Uno que sea maravilloso y me cuide mucho.

—¡Anda! Si me estás diciendo que no me quede con el rarito.

—¡Ja!¡Ja!¡Ja!—. Ríen las dos amigas al mismo tiempo, mientras vuelven la vista hacia atrás y ven a los dos perros de la pelirroja subiendo por el acantilado después de bajar hasta el mar a por la última piedra que les ha lanzado el rarito. Él les sonríe de lejos intuyendo que están hablando de él.

La noche anterior ya tuvieron una conversación los tres, mientras cenaban en la terraza de la pelirroja. La granaína dejó muy clara su postura desde un principio, sin importarle que el rarito pudiese molestarse. Éste entiende perfectamente su planteamiento, pero no hace nada por rebatirlo; está centrado en ser feliz con la pelirroja y dejar que sea la evolución de la relación la que decida si merece o no la pena.

—¿Vamos a comer un arroz negro a la Isleta? —pregunta la pelirroja a la granaína

—Me encanta el arroz negro de ese sitio.

—Nos podemos poner en las mesas que están en la misma orilla del mar.

—¿No hará un poco de viento hoy para eso?

—No, nos ponemos una chaqueta si vemos que nos da frío.

La pelirroja se vuelve hacia atrás y echa un vistazo al rarito que viene a trote hacia ellas para alcanzarlas ahora que están llegando al coche.

A las dos semanas de su primer duatlón, vuelve a haber otra competición. Esta vez es en Huércal de Almería, con características muy parecidas a las de la carrera de Viator y la pelirroja quiere ir.

—Vamos a apuntarnos. Pero esta carrera la tienes que terminar.

—Como quieras. No me gustó la señalización, pero podemos apuntarnos. Si no me pierdo, intentaré terminar la carrera —dice el rarito riéndose.

—Es gratis —le dice ella poniendo argumentos a su favor.

—Vamos a intentarlo —dice él, recordando una famosa frase de película de ciencia ficción en contra de empezar una tarea con la ambición de "intentarlo".

—¿Sabes que se puede hacer por parejas? —le pregunta ella.

—Estaría divertido hacerlo juntos, pero tú preferirás ir sola.

—No, no, seguro que está divertidísimo hacerlo juntos.

—¿Y no te importa lo que diga la gente?

—No creo que nadie se fije —dice ella—. Y además va muy poca gente.

—Nuestra primera prueba en pareja.

—Creo que me voy a arrepentir de esto —dice la pelirroja que empieza a ver los inconvenientes de ir juntos.

La pareja escribe al monitor de natación del club que gestiona la inscripción en la prueba para que les apunte juntos en la competición.

El día del duatlón, de camino hacia la prueba, empieza a sonar por la radio del coche una de las canciones de moda de ese momento. Una canción cutre, con letra fácil y ritmo poco complicado; nada que vaya a entrar en la historia de la música, pero con varias referencias que les recuerda el inicio de su romance. Al ritmo de ser increíbles, la pareja va cantando a gritos ambientándose para la prueba, inundados por la felicidad de ir a su primera competición como equipo. Cuando llegan tienen que ir a la zona de transición a dejar las cosas.

—¿Pelirroja? —le dice la enfermera de la ambulancia para la prueba.

—Prima, ya me he imaginado que podías estar por aquí —le responde la pelirroja a su prima enfermera.

—¿Es que compites tú?

—Vengo a hacerlo por parejas con el rarito.

—Mira tú que bien os lo montáis —le dice su prima, sin saber que son pareja.

—Buenas —saluda el rarito a la prima sin saber muy bien que más decir.

—¿Y el primo? —pregunta la pelirroja.

—Está con los papás en San José. Ahora cuando termine yo me voy para allá con ellos y les llevo unos "churricos" del Alquián.

Tras hablar un rato, la pareja se va a colocar las cosas para las transiciones entre las carreras y la bicicleta. Al terminar se juntan con el resto de los miembros del club que se han apuntado a la prueba. Son pocos, apenas deben haber venido una decena a la competición.

Al empezar la carrera, la pelirroja va apretando al rarito con una velocidad más alta de lo que habían hablado antes de empezar. En este tipo de pruebas populares la gente empieza como si estuviera en la final de cien metros lisos de los juegos olímpicos.

—Venga mantén el ritmo —le anima ella.

—Vas muy fuerte para mí —le contesta él.

—Si puedes hablar, podrías ir más rápido —le dice ella.

—¿Y no podemos ir más lentos y disfrutar de la carrera? —protesta él.

—Calla y corre más rápido —sentencia ella mientras aprieta el paso.

Terminan la primera carrera y cogen la bicicleta para hacer el segundo sector. Esta parte es la preferida de los dos. Cogen la bicicleta y se meten en la rambla teniendo que dar unos cuantos botes por el estado del camino. Por la rambla se recorren tres kilómetros, tras los que suben una cuesta de tierra antes de callejear por las afueras del pueblo para pasar por primera vez por la zona de meta. Tienen que dar dos vueltas y aprietan el ritmo al pasar por la zona en la que el poco público que hay viendo la carrera anima.

—¡Vamos pelirroja! —le grita su prima viendo la carrera junto a la ambulancia.

En esta parte se sienten realmente fuertes y compenetrados, el rarito va tirando y la pelirroja desde atrás le va marcando el ritmo que tiene que llevar para no descolgarse.

Cuando llegan a la segunda transición, la pelirroja termina mucho antes fruto de su experiencia, mientras que el rarito se toma su tiempo para quitarse los guantes y colocar el casco de forma ordenada cuando ella lo ha arrojado al suelo según llegaba. La pelirroja espera al rarito junto a la línea que tienen que pasar juntos para continuar con la última parte de la competición cuando se le acerca su prima.

—¿Por qué tarda tanto? —le pregunta su prima enfermera—. ¿Es que te has cogido al más lento?

—Prima, que nos estamos conociendo.

—¡Ja!¡Ja!¡Ja! Ya decía yo que porque te habías elegido a este de pareja para la carrera.

Finalmente, el rarito llega hasta la pelirroja y se ponen a correr juntos la carrera final. No llevan a nadie detrás y el rarito baja un punto el ritmo pese a las protestas de ella. La pareja va feliz, sonriendo a las cámaras que están por el recorrido tirando fotos. En lugar de una carrera parece que están en una fiesta, dando un paseo o haciendo turismo juntos. Cuando van a llegar a la meta, el rarito esprinta para bromear a la pelirroja.

—¡Vamos lenta!

—¿En serio? ¿Ahora esprintas?

—¡Ja!¡Ja!¡Ja! —Se ríe él—. Te voy a ganar.

—Podíamos haber ido más rápido —le dice ella al cruzar la meta.

—No venía nadie por detrás.

—Pero podíamos haber tardado menos.

—Habríamos sufrido más.

—¡Qué flojo eres!

—Pero nos hemos divertido —le dice sonriendo.

Cuando salen los tiempos, ven que han quedado primeros por parejas. Solamente había otra pareja apuntada en esta modalidad y ha llegado mucho después que ellos. Tienen que subir juntos al pódium a recoger el trofeo, una placa de madera.

—No hemos pasado muy desapercibidos ¿no? —le dice él mientras sonríe al recoger el premio.

—Al menos ha venido poca gente.

Unos minutos después ya está la publicación del club sobre la carrera en redes sociales y su foto en el pódium está dando vueltas por internet con varios me gusta. Definitivamente, no han pasado desapercibidos.

Después de la carrera van a comer a un bar de tapas de Almería de uno de los barrios de moda. A la pelirroja no le hace gracia, porque han quedado con los amigos del rarito y los va a conocer por primera vez. En el duatlón no había zona para ducharse al terminar, así que van sin ducharse. Además, no sabía que iban a quedar y va con ropa de deporte.

—No me gusta.

—¿Por qué? —le pregunta el rarito.

—Porque son tus amigos.

—¿Y?

—¿Qué la primera vez quiero causar buena impresión?

—Si tú en ropa de deporte estás preciosa.

—¿Para ir a un barrio lleno de gente arreglada?

—Yo también voy de deporte.

—No cuenta. Te repito que son tus amigos y tú estás más cómodo.

—Sabes que es difícil que podamos quedar. Las agendas son apretadas y tenemos suerte que la novia de mi compañero de trabajo está por aquí con él.

—Si no queda más remedio… —responde la pelirroja con desgana.

Al llegar entran al bar, uno de esos de puerta pequeña, alargados, con gente diseminada por toda la barra buscando la atención del camarero para pedir la siguiente ronda. Los amigos del rarito y la novia asturiana que está de visita han entrado al comedor y están en una mesa. Se presentan y se dan los besos de rigor.

—Estaba todo lleno para tapas —le dice el compañero de trabajo al rarito.

—Menos mal que hemos reservado —apunta la asturiana.

—Este sitio está siempre abarrotado —le responde el rarito.

—Nosotros venimos a cenar todos los jueves —le responde el profesor de instituto—. Pediros pescado.

—A ver, que traigo un hambre de muerte —le responde la pelirroja—. No hemos tomado nada después de la competición.

La pelirroja y el profesor de instituto se conocen de antes. Almería es muy pequeña y tienen amigos comunes porque se han criado en barriadas cercanas. Hablan sobre el pasado, sobre la gente conocida, sobre las salidas de cuando eran más jóvenes, … mientras el rarito mira embelesado a la pelirroja. La conversación también fluye con el compañero de trabajo y la novia asturiana. "No necesitaba venir arreglada, con su desparpajo tiene de sobra" piensa él, mientras se bebe el chupito de licor de chocolate que les han regalado a modo de postre.

16

La cena del club

El siguiente fin de semana tienen la cena anual del club. Un acontecimiento social donde los cotilleos están a la orden del día y que tiene preocupada a la pelirroja. La pareja está decidiendo como organizarse ese día.

—Llegamos cada uno en nuestro coche —le dice la pelirroja al rarito.

—¿Qué sentido tiene que vayamos desde la misma casa con dos coches?

—No quiero que nos vean llegar juntos.

—Si ya hemos llegado juntos a los duatlones.

—Es diferente.

—¿Por qué?

—Porque esto es un evento social.

—Si además vamos con tu amiga dominicana en el coche.

—Pero es muy raro que llegues conmigo y mi amiga.

—Si lo sabe ya un montón de gente.

Poco a poco la noticia ha ido filtrándose. A su amiga gallega y su novio roquetero se ha unido un selecto grupo de personas que poco a poco van siendo participes de la situación.

Al dueño del club y a la rubia se lo contaron en una cena, mientras les ponían al día de su futuro viaje a Nueva York. Al ingeniero agrónomo le quiso poner ella sobre aviso para que no se enterase por fuera, igual que al vecino del rarito. La mayoría de ellos ya les había dicho que intuían cosas y que era raro que ahora fuesen juntos a todos los sitios.

—Me preocupan los que no lo saben —le replica ella al cabo de un rato.

—Si es que siguen sin saberlo, claro.

—Pero si nos ven entrar juntos ya va a ser como si fuera oficial.

—¿Y qué vas a hacer si no? ¿Nos vamos a ir también separados?

—¡Claro!

—Estás como una cabra —dice él mientras le dedica una sonrisa cariñosa—. ¿Y no nos hablamos durante la cena?

—¡Nada! Cada uno con su grupo de entrenamiento.

—No te parece que va a ser más sospechoso que no nos hablemos después de haber ido juntos a los duatlones.

—Habrá que pensarlo —cede ella finalmente.

La cena del club es en una pizzería del puerto de Aguadulce que han reservado para ellos. Asisten más de cien personas entre miembros del club y acompañantes, por lo que la cena va a ser un catering de pie. Han cerrado la terraza que da a la playa con unas lonas de plástico, pues es una noche de bastante viento. El sitio pierde parte del encanto que tiene en su día a día con mesas de madera al lado de un piano y vistas al mar.

Finalmente, la pelirroja ha accedido a que el rarito llegue con ella y su amiga dominicana. Según entran a la fiesta la pareja se separa tal y como habían acordado, buscando cada uno el corrillo de su grupo de entrenamiento.

Él va vestido con una chinos marrones claros y un polo y unos tenis blancos que ha elegido la pelirroja. Aunque no quiere que les relacionen, quiere que vaya vestido como a ella le gusta por si después empiezan los comentarios.

Ella se ha puesto un vestido negro con algo más de escote del que le gustaría y unos zapatos de tacón fino, que son más cómodos de lo que realmente parecen por una plataforma bien disimulada. Ha intentado vestirse elegante, de una forma que llame lo menos posible la atención para evitar miradas indiscretas.

El rarito ha escogido un vermut rojo como bebida y está hablando con un par de compañeros de su grupo de entrenamiento. No presta mucha atención a la conversación y está mirando de reojo a la pelirroja, que, con una cerveza en la mano, está rodeada por su grupo de amigas con las que comparte trabajo y deporte.

Entre los dos grupos debe de haber unos diez metros de distancia por los que se dispersan otro par de grupos de gente que entrena a horas diferentes. Es típico en el principio de estas fiestas que la gente se agrupe con sus más allegados, mezclándose los grupos a medida que va pasando la noche.

La pelirroja mira de reojo al rarito y se encuentra con que éste la está mirando fijamente. Él revisa a su alrededor y viendo que nadie le está haciendo mucho caso levanta su vaso ancho y saluda a la pelirroja a modo de brindis. Ella le responde con una pequeña sonrisa y enseguida cambia la mirada hacia su grupo de amigas sin devolver el brindis.

La cena ha seguido avanzando con un catering bastante amplio basado en comida italiana como no podía ser de otra forma. Las pizzas, que han salido de forma abundante a través de cuadraditos presentados en bandejas de acero, han sido el plato estrella.

La gente ya ha dejado de comer y toca la hora de los discursos. El primero en tomar la palabra es el dueño del club, a quien no le gusta mucho hablar, y se ciñe a dar las gracias y a agradecer la asistencia al evento.

A continuación, toman la palabra los diferentes entrenadores del club, que, tras dar la gracias correspondientes, tiran de algún chiste o chascarrillo típico con alguno de sus alumnos. El discurso lo cierra el roquetero, ya que le encanta coger el micro y soltar unas cuantas bromas cada año.

La pelirroja mira al rarito con cara de pavor, mientras éste le devuelve una sonrisa enarcando las cejas. "¿Irá a decir algo de nosotros?" parece que le dice la pelirroja con la mirada. "No creo" le contesta el rarito con la sonrisa. Han pasado tanto tiempo juntos últimamente que no necesitan las palabras para saber lo que están pensando.

El roquetero hace su discurso sobre la joven promesa del club que más ha mejorado. Se refiere a un exprofesor suyo, ya jubilado, que empezó a correr hace poco y ahora está ganando carreras en su categoría. Uno de esos procesos milagrosos que se dan en el club con las nuevas incorporaciones. La pelirroja al ver que el novio de su amiga termina el discurso sin hacer ninguna referencia a ella, respira tranquila y mira al rarito sonriente.

El rarito aprovecha que los grupos han empezado a mezclarse para acercarse a la pelirroja. Ella le mira con cara de "ni se te ocurra" y él le contesta con una sonrisa de "no puedes hacer nada". A medida que él se va acercando, ella empieza a ponerse nerviosa y cambia la mirada de sitio. Finalmente, el rarito llega hasta ella.

—¿Qué haces? —le dice el rarito empezando una conversación cualquiera.

—¡Odiarte! —le responde ella.

—Eso no está bien.

—¿Por qué? —pregunta ella.

—Porque alguien podría notar que me odias y tendría que preguntarse la causa —responde él con una sonrisa.

—Vas a conseguir que me dé un infarto.

—Nadie se fija en nosotros.

—No es verdad. Y hay mucha gente que ya lo sabe.

—Bueno, ¿podrás vivir con ello?

—¡Qué remedio!

—Digo yo que habrás tenido cosas peores.

—No sé —responde ella sonriendo—. Debes ser de las peores cosas que me han pasado.

—Si sigues así te doy un beso.

—Y yo a ti un bofetón —contesta ella haciéndose la dura, pero adorando el descaro que tiene el rarito—. ¿Por qué tienes tanta seguridad en ti mismo?

—Soy una persona afortunada. Tengo mucha suerte.

—Pues yo no.

—Eso no es verdad. También eres afortunada —le dice mientras ella lo mira con cara de incredulidad—. Lo único que no lo sabías hasta que he llegado yo a tu vida.

Han olvidado donde están, quien está a su lado, las miradas indiscretas. Ahora mismo es como si estuvieran solos en un restaurante romántico mientas se miran apasionadamente y cada uno intenta adivinar los pensamientos del otro.

A última hora la situación del rarito y la pelirroja ya es un secreto a voces. Resulta que el ingeniero se lo ha contado al informático y al peluquero, que a su vez se lo ha contado a la ayudante de dentista con la que suele correr. Además, el informático, dando por hecho que lo sabía todo el mundo lo ha comentado en un grupo donde otra persona ya lo conocía.

El rarito viendo que ya lo sabía mucha gente ha pedido permiso a la pelirroja para contárselo al cocinero, quien a su vez lo ha comentado con el muchacho de mantenimiento. Por otro lado, la pelirroja se lo ha dicho a la novia del informático para que se enterase por ella, aunque ya se lo había contado éste. Y así en un sinfín de correveidiles típico de este tipo de eventos.

Ya conoce prácticamente todo el mundo la situación. "Menos mal que la semana que viene nos vamos ya a Nueva York" piensa la pelirroja mientras da otro sorbo a su copa de vino blanco.

17

Madrid

Han subido a Madrid para pasar unos días antes de irse a Nueva York. El rarito tiene la opción de trabajar desde allí y eso les permite disfrutar de unas tardes de turismo por la capital antes de irse a Nueva York. Tiene muchas ganas de "enseñarle" Madrid a la pelirroja, aunque ella ya conoce la ciudad porque ha estado bastantes veces por el centro de turismo. El rarito es un enamorado de pasear por las calles emblemáticas y visitar los rincones que lleva recorriendo desde que era pequeño.

Han cogido una habitación en un pequeño hostal por la zona de Cuatro Caminos cerca de Bravo Murillo. Uno de esos barrios que siguen teniendo sabor al Madrid de siempre, al castizo.

Mientras el rarito va a trabajar, la pelirroja sale a dar una carrera por la zona. Baja corriendo por la Calle Bravo Murillo esquivando personas a su paso hasta que llega a Ríos Rosas, donde corre por los parques cercanos al Canal de Isabel II. Son pequeños y no le dan para mucho así que sube hasta la zona de la Dehesa de la Villa antes de terminar volviendo al hostal. Las calles están concurridas de tráfico y gente. Un día de diario típico de atascos y aceras masificadas que permiten hacer una carrera ligera y poco más.

Después de ducharse sale al encuentro del rarito. Han quedado para desayunar juntos en los veinte minutos que él tiene de descanso. Baja por la calle Orense y se para en una tienda de ropa de una cadena internacional española a mirar lo que tienen. Lleva hueco en la maleta y no le vendría mal algo más de ropa de abrigo para aguantar el frío neoyorquino.

No encuentra nada. Aunque la tienda es más grande que las que hay en Almería, al final tienen básicamente lo mismo. Ella además está harta de ver las novedades por internet y tiene controlada la temporada desde el mismo momento en el que sale en la aplicación.

Pone en el móvil la dirección a la que tiene que llegar y le da a iniciar ruta con el *GPS*. Aunque está al lado, los bajos de Azca son un auténtico laberinto para quien no los conoce. Hace un bonito día de otoño. El cielo está despejado y en la plaza se ven unos cuantos pájaros junto a la fuente intentando comer los restos de comida que hay por la acera. Un rincón tranquilo para estar en el centro financiero de Madrid.

Al llegar a la puerta del trabajo del rarito, él ya está esperándola abajo. Se saludan con un beso apasionado pero rápido, intentando pasar desapercibidos en un lugar con tanto público.

—¿Dónde vamos? —pregunta la pelirroja.

—El mejor es uno que llaman "El andaluz".

—¡En serio! Me traes a Madrid para enseñarme la ciudad y me llevas a un restaurante andaluz.

—Que quieres que te diga, los desayunos andaluces son más copiosos que los de aquí —dice el rarito riéndose.

Cuando llegan al bar, se sientan en una mesa dentro, pues, aunque a la pelirroja le gustan más las terrazas, la de este sitio está abarrotada de gente fumando y el ambiente se ve muy cargado. Las sillas son de mimbre y las mesas de madera están pintadas de colores rojo y verde.

—Todo muy madrileño —dice ella riéndose.

En ese momento pasa una camarera y les ofrece un churro o un trozo de bizcocho de cortesía.

—Churritos madrileños. ¡Ves cómo te iba a enseñar Madrid! —le comenta irónicamente el rarito.

—Está frío y grasiento.

—Así son los churritos de lazo.

—Pues puedes comerte el mío.

Cuando vuelve a venir la camarera piden un café solo, un vaso de leche, medio mollete de lacón a la gallega y un pincho de tortilla con Salmorejo. Las tostadas son abundantes y la tortilla está poco hecha.

—Las tostadas sí están buenas —dice ella.

—Es el único bar de la zona en el que puedes desayunar a un precio razonable.

—Siempre pensando con el estómago en lugar de llevarme a un sitio bonito.

—Esta noche vamos a disfrutar del centro.

—Estoy deseando, que me aburro sola y llevo toda la mañana dando vueltas.

A las tres han vuelto a quedar en la puerta del trabajo del rarito. Ella ha pasado el resto de la mañana paseando por las calles de la zona, aunque no ha comprado nada. Ha ido a una peluquería y ha aprovechado para cortarse el pelo para el viaje.

Van a comer a un restaurante que está en la plaza de Azca. Nuevamente no se sientan en la terraza, esta vez porque es tarde para el horario de la zona y está abarrotada de gente tomando el sol de otoño que luce ese día.

Pasan dentro del restaurante que tiene una decoración más moderna que el de la mañana, con mesas y sillas de madera de roble. Queda libre una mesa alta y se sientan. El sitio está pensado como lugar de comida diaria y tampoco tiene el encanto especial que le gustaría a la pelirroja, pero la carta de platos tiene muy buena pinta.

Finalmente se deciden por la ensalada de salmón, el tartar de atún y una tortilla de trufa. Aunque desayunaron tortilla esta mañana, han decidido pedirla porque el camarero se la ha recomendado como plato estrella.

Mientras viene la comida se ponen al día. La pelirroja le cuenta que no ha encontrado nada de ropa y que ha estado toda la mañana paseando.

—La zona es muy bonita para pasear —le dice el rarito.

—Sí, pero no tiene el encanto del centro —le replica ella.

—Eso es verdad—reconoce el rarito que también prefiere el ambiente del centro de la ciudad.

—E iba sola.

—Esta tarde ya vamos juntos.

El camarero les trae primero la ensalada y al poco rato viene la tortilla. Está terriblemente jugosa, hecha lo justo para dorarse por fuera, dejando el interior con el huevo chorreante. La pelirroja coge su tenedor y la prueba.

—¡Ummm! ¡Deliciosa! Es la mejor tortilla que he tomado nunca —le dice al rarito.

—Genial —le dice el rarito, mientras pone una sonrisa al ver que la cosa empieza a mejorar.

Por la tarde van al centro de Madrid en el metro. Aunque son unos pocos kilómetros de distancia, prefieren llegar más rápido para poder aprovechar el tiempo por allí. La primera parada la hacen en Gran Vía. El rarito le enseña las tiendas de tebeos a las que iba con su abuelo de niño para que pudiese comprar las publicaciones de cada mes. Pasan por la calle de la Luna que tiene gente parada en la entrada de las tiendas y después se dirigen a la calle Fuencarral.

Ya está puesta la decoración navideña en las calles y las luces de Navidad le dan un toque de colorido extra al recorrido. A pesar de ser día de diario y de que la calle es peatonal, es difícil andar por la cantidad de gente que se amontona en la misma.

Entran a un par de tiendas de ropa y a otras dos de prendas deportivas y vuelven sobre sus pasos hasta la Gran Vía. Se acercan al cruce con la calle de Alcalá, con la puerta del mismo nombre

viéndose en la glorieta del fondo tras el Palacio de Correos iluminado. Es un espectáculo de luces, ruido y ambiente prenavideño
que deja una postal típica.

Al estar contemplando la imagen. El rarito se acerca y le da un
abrazo por detrás a la pelirroja. Se acerca a su oído y le comenta
que es su visión favorita de la ciudad de Madrid.

—La verdad es que es muy bonita —le concede ella.

18

Mesiversario

Hace un mes que se dieron su primer beso, así que están celebrando que llevan treinta días juntos. El rarito no ha querido reservar en ningún restaurante porque prefiere enseñarle sus bares favoritos de toda la vida.

Empiezan yendo a una bocacalle de la Plaza Mayor, donde entran en un bar típico de bocadillos de calamares. El bar con cristaleras para que sea vea desde la calle todo el interior, tiene las paredes y el suelo típicos de los años ochenta con una barra de aluminio y cuatro taburetes negros para sentarse. Tiene el encanto por mantener la decoración de siempre.

Junto a la cristalera del lado de la barra de los camareros hay una montaña de bollos de pan con aspecto "chicloso" cerca de una fuente de calamares a medio freír, con la freidora que suelta humo con un profundo olor a fritanga preparada para terminar de darles el último toque en un santiamén. La velocidad con la que se cocinan los bocadillos de calamares es directamente proporcional al estrés que se respira en el tumultuoso centro de la ciudad. En ningún otro sitio sabrían de la misma forma.

—Hay vermut de barril —le dice excitado el rarito a la pelirroja—. Yo voy a pedirme uno.

—A mí no me gusta mucho, pero te acompaño.

—Dos vermuts de barril, dos bocadillos de calamares y un zarajo —le grita el rarito al camarero por encima de dos hombres que ocupan la barra.

El camarero repite gritando aún más alto la comanda para los compañeros que se encargan de hacer los bocadillos y que sacan la bebida.

—¿Qué es el "zarajo"? —pregunta la pelirroja.

—Tripas de cordero enganchadas en un palo —responde el rarito con una cara de excitación que no se corresponde con lo que acaba de describir.

—No suena muy bien.

—A los almerienses no os suele gustar. Es una carne con un sabor muy fuerte.

—Tendré que probarlo —dice la pelirroja con su carácter rebelde ante que le digan que no a algo.

"¡Aquí tiene joven!", le grita el camarero apenas pasado un par de minutos con la frase que dedica a todos los clientes a los que atiende.

Se sientan en la barra baja, en dos taburetes que están atornillados al suelo y no pueden moverse para comer su bocadillo y su vermut.

—Ya había estado antes en este bar —le indica la pelirroja.

—Yo vengo aquí de siempre con mis padres. Era el bar al que veníamos desde bien pequeños. Este mismo bocadillo de calamares comido en cualquier otro sitio podría ser corriente, pero aquí tiene el gusto de toda la vida. Y el vermut es la bebida típica de mi familia.

—Yo te voy a dar el mío. Que esto no veas como sube.

—¡Ja!¡Ja!¡Ja! Es fuerte sí.

—Lo que más me han gustado son las olivas —dice la pelirroja señalando al plato con el aperitivo de cortesía que les han puesto.

—Aceitunas de Campo Real —le dice el rarito mientras le dedica una sonrisa y le brillan los ojos.

—El zarajo me sabe a pollo frito.

—¡Ja!¡Ja!¡Ja! Si no tiene nada que ver, mujer.

El siguiente bar al que van está en una callejuela paralela a la calle Mayor. En este caso las puertas son tremendamente grandes, de madera, con una puerta de doble hoja para entrar y otra para salir. En la calle hay puestos unos barriles con un tablero redondo de madera que los corona y unos taburetes altos a su alrededor. La pareja se sienta en un barril de la esquina que está libre. Dentro está todo el mundo de pie y el bullicio se escucha muy alto incluso desde fuera.

Se acerca el camarero y les toma nota. La pelirroja ya ha tenido suficiente con el primer vermut y se pasa a una caña. El rarito se toma su segundo—tercer vermut de la noche, y pide dos buñuelos de bacalao, que son el plato típico del bar. Cuando llega el vermut, el rarito le da un sorbo a la pelirroja.

—¡Ummmm! Este sí que está rico —dice ella mientras da un sorbo.

—Muy dulce —le dice el rarito—Vermut de toda la vida.

—¡Qué rico!

—¿Te pido uno?

—No, no, que va a ser demasiado y me voy a perder el espectáculo —contesta la pelirroja riéndose.

Se toman los buñuelos de bacalao y piden una segunda tapa para terminar de cenar.

—Teníamos que haber repetido buñuelos —dice ella.

—Podemos venir siempre que queramos —le dice el rarito en un claro guiño a que seguirán mucho tiempo juntos.

La pelirroja sonríe al escuchar sus palabras y piensa en lo poco que hace falta para ser feliz cuando es justo lo que uno quiere.

Para finalizar la cena, la pareja va a una pastelería que hace esquina entre la Puerta del Sol y la calle Mayor y compra una bamba de nata y una bayonesa. Hay que hacer una cola de casi cinco minutos, para comprar los bollos de la cantidad de gente que hay.

Una vez que tienen el postre, se van a la Plaza Mayor y buscan hueco en uno de los bancos redondos que rodean a las grandes farolas de la plaza. Se sientan apretados en uno de los pocos huecos que quedan junto a unos turistas que tienen pinta de llevar todo el día andando y aparentan estar derrotados.

La pareja saca los bollos y comienza a dar cuenta de ellos. El rarito se llena de nata la nariz y la pelirroja aprovecha para restregársela por la cara. Cuando terminan de comer, dan un paseo por los puestos de la plaza mayor, sin ánimo de comprar nada; simplemente disfrutando del ambiente navideño de la plaza. Se paran ante la estatua ecuestre de Carlos III.

—¿Sabes la historia del caballo? —le pregunta el rarito a la pelirroja.

—Sí —le contesta ella—. Hice un *tour* gratuito.

—Yo también.

—¿Siendo de Madrid?

—Hay que conocer tu propia ciudad —se defiende el rarito.

A continuación, caminan por la zona de Tirso de Molina hacia el Teatro Nuevo Apolo. El rarito ha comprado entradas para un espectáculo de magia. No había entradas para el mago internacional que más le gusta, pero ha encontrado sitio para el mejor escapista. Le han dicho que el espectáculo es impresionante y quiere compartirlo con ella.

—Te recuerdo que no me gusta la magia —le amenaza la pelirroja.

—A mí me encanta —le replica el rarito.

—Te la estás jugando —dice ella.

—Me gusta apostar fuerte —reconoce él —Yo sé un par de trucos de cartas de principiante. La verdad es que me parece increíble lo que consigue esta gente.

—A mí me da la sensación de que me engañan.

—No te engañan, te hacen que veas lo que quieren.

—Para mí es lo mismo.

Están en una fila bastante delantera y, aunque algo escorados, el espectáculo se ve bien. El teatro está a reventar de gente; prácticamente no queda ninguna butaca vacía a pesar de ser un día de diario y que el espectáculo no terminará pronto. Madrid es ciudad de vida nocturna.

Cuando comienza el espectáculo, un juego de luces, colores y sonidos llena la sala. La pelirroja se vuelve hacia el rarito y le dice "Me encantan los juegos de luces", mientras le da un beso y le mira con sus ojos multicolor que brillan en la oscuridad del teatro.

La siguiente hora y media es un espectáculo continuo de magia, música y emociones. Cuando termina, la pareja está abrazada en las butacas.

—Todo es mágico —le dice el rarito.

—Me da un miedo terrible —le responde la pelirroja.

Para terminar la velada, la pareja decide que ahora que ya no tienen prisa pueden disfrutar de la noche madrileña y se va dando un paseo hasta el hostal. Pasan un par de horas caminando por las calles de Madrid: desandan el camino por Tirso de Molina, la Puerta del Sol, Gran Vía, y cogen la calle Santo Domingo.

Se nota cuando salen de la zona más céntrica porque el gentío disminuye de forma radical. Aunque sigue habiendo gente por la calle, se ve claramente que se desplaza a algún sitio, lejos del deambular turístico del centro puro.

Mientras van deshaciendo el camino, la pelirroja se agarra al brazo del rarito para caminar. Le duelen un poco los pies con los tacones y aprovecha la ayuda que le brinda apoyarse en el muchacho. Además, hace un poco de frío y el contacto les hace ir un poco más a gusto.

Él le dedica una sonrisa tierna, le encanta que vayan abrazados. Ha sido un mes mágico y finalmente llega el momento de ir a Nueva York después de tanto planear el viaje.

19

El rarito familiar

A pesar del poco tiempo que llevan y de las dudas de la pelirroja, el rarito ha insistido en ver a su familia con ella. La pelirroja prefiere que vaya el rarito solo a ver a su hijo, pero éste ha insistido en que no quiere dejarla sola y que prefiere que lo acompañe a tomar un café y ver qué tal se ha adaptado el muchacho a la nueva ciudad.

—Te presentaré como una amiga con la que voy de viaje —le dice el rarito en el tren de cercanías.

—Eso por supuesto —responde la pelirroja —, pero tu hijo tiene ya una edad y sabrá lo que hay.

—Tengo ganas de verle. Le echo de menos.

—Díselo cuando le veas —le recomienda la pelirroja en una afirmación que podría tomarse como una orden por alguien que no la conociese.

El trayecto es rápido, porque desde el centro de Madrid puede tomarse un tren directo que tiene estación donde ahora vive el muchacho. Al salir de la estación, le ven venir andando de lejos, recortándose su silueta en la primera oscuridad de la tarde.

—¿Has visto mi abrigo nuevo? —le dice su hijo al rarito según le ve.

—Está muy chulo —le dice su padre mientras le da un abrazo y un beso.

—Me lo compré el otro día, que el clima aquí en Madrid es totalmente diferente al de Almería.

—Mira, esta es la pelirroja.

—Encantada —dice ella mientras le das dos besos.

—Igualmente —responde el hijo del rarito mientras se recoge un poco más dentro del abrigo—. Hace frío ¡¿eh?!

—Vamos a alguna cafetería y tomamos algo mientras hablamos.

Cruzan al otro lado de la vía por debajo de un puente para ir a una cafetería cercana que conoce el muchacho de pillarle de paso en su camino hacia el instituto. Esa zona de Madrid tiene avenidas amplias, aunque antiguas, y poco tráfico. Se nota que va cayendo la tarde y la mayoría de la gente ya se ha recogido con la oscuridad.

El bar al que llegan no es gran cosa. Tienen que subir una pequeña escalera y entran a la zona de barra, donde apenas hay hueco para unas diez personas junto a una máquina "tragaperras" y una mesa con un par de taburetes.

—Sentaos vosotros, que yo prefiero quedarme de pie —dice el hijo del rarito.

—A mí no me importa quedarme de pie —dice la pelirroja.

—Espera, que allí hay otro banco y así nos sentamos todos —dice el rarito mientras se acerca a por el tercer asiento.

Empiezan a quitarse ropa antes de sentarse. Ese es uno de los inconvenientes de las ciudades en las que hace mucho frío en la calle, que uno tiene que andar quitándose y poniéndose ropa cual cebolla.

—Yo a tu edad no usaba abrigo —le dice el rarito a su hijo.

—Ya, pero hace mucho frío.

—Iba corriendo a todos los sitios.

—Yo he estado yendo sin abrigo hasta ahora, pero como me lo he comprado nuevo —dice el hijo del rarito con una sonrisa por su nueva adquisición.

—Se ve que abriga —dice la pelirroja mientras toca la tela del abrigo por fuera.

—Y está guapo, ¡¿Eh?! —presume el hijo del rarito usando el lenguaje típico de los adolescentes de la época.

—Muy guapo, sí —le dice el rarito usando su misma jerga, le encanta buscar siempre como conectar con él.

La camarera deja de hablar con el único cliente que había dentro del bar cuando han entrado y les pregunta desde la barra que quieren tomar. La pelirroja pide su cuarto café del día; va en línea con su consumo habitual. El hijo del rarito pide un con leche, con poco café para que no le quite el sueño por la noche. El rarito se pide un batido de chocolate.

—Que yo tome café y tú un batido —le dice su hijo.

—No me gustan los sabores amargos —responde el rarito.

—Pues tómate un colacao calentito —le sigue bromeando el chaval.

—¡Ja!¡Ja!¡Ja! Di que sí. Tenemos que conseguir que tome café tu padre. —Se ríe la pelirroja, intentando ganar adeptos para su causa de incluir al rarito dentro del grupo de adictos a la cafeína.

—Éste es capaz de pedirse unas madalenas para mojarlas en el batido —sigue la broma su hijo.

—Mira que le gusta comer —continúa la pelirroja.

El rarito los mira con tranquilidad, viendo las buenas migas que han hecho y lo rápido que han encontrado la forma de hacer equipo común contra él. Le da igual; lleva media vida recibiendo bromas por sus hábitos alimenticios más propios de un niño que de un adulto. Le encantan las cosas dulces y nunca ha comprendido la necesidad de tomar sabores amargos "porque al final te acaban gustando". ¿Por qué empezar a tomar algo que de principio no te gusta?

—¿Qué tal la niña? —le pregunta el rarito por su hija al muchacho cambiando de tema.

—Bien, normal. Ha empezado en el instituto y haciendo nuevas amigas. Lo típico después de una mudanza.

—¿Y tú qué tal el instituto?

—Controlado, súper fácil —le responde su hijo en un alarde de su optimismo habitual.

La conversación continúa durante una hora antes de que llegue el momento de la despedida.

—Te habríamos invitado a cenar, pero tenemos que ir hasta Arganda que mañana nos lleva el abuelo al aeropuerto.

—Muy bien; yo además tengo instituto.

—Lo único que te quedas sin cenar la ensaladilla de la abuela.

—Que rica la mayonesa. La próxima vez que subas le decimos a la abuela que me la prepare.

Terminan de despedirse y el muchacho se va en dirección a su nueva casa, mientras el rarito y la pelirroja suben de nuevo al tren para ir hasta Arganda.

—Se te ve muy bien con él.

—Nos llevamos muy bien.

—¿Te ha gustado verle?

—Sí, muy contento. Le quiero.

—Deberías decírselo más —en un nuevo consejo de la pelirroja que podría parecer una orden, no sabe dar consejos de otra forma, siempre habla con esa seguridad y firmeza.

—Sabes que me cuesta expresar los sentimientos.

—Por eso te lo digo —dice la pelirroja intentando suavizar su afirmación anterior—. No quiero entrometerme.

—Para nada, se agradecen tus consejos. ¿A qué no ha sido traumático?

—Habríais estado mejor solos.

—Hemos estado muy a gusto.

—Podríais haber hablado más de vuestros temas.

—Hemos hablado de todo.

—Sin profundizar.

—Es raro que yo profundice.

—Eres como un robot. ¿Podrías dejar salir los sentimientos?

—Si es que los tengo—le responde él mientras esboza una sonrisa.

Esa parte del rarito también le da miedo a la pelirroja. A veces no sabe si es que no sabe expresar los sentimientos o si realmente no los tiene. Esa parte fría no termina de convencerle, pero ella cree que debajo de esa armadura de auto seguridad hay un ser humano que sangra y llora.

—¿Preparada para conocer a mis padres? —le dice él mientras aumenta la sonrisa un punto más si es posible.

—Estás fatal de la cabeza —le dice ella—. Si no hemos empezado siquiera. Lo único que no me preocupa es que estando en Madrid si sale mal tampoco me los volveré a cruzar.

—No te preocupes. Mi familia la gestiono yo.

20

La llegada a Nueva York

En el aeropuerto de Barajas, le ha tocado el control de la aduana a la pelirroja. Siempre le tocan los controles de los aeropuertos.

—¿A qué van a Nueva York? —les dice la policía que está realizando el control.

—Es nuestro "Mesiversario" —le responde la pelirroja.

—¿Perdón? —pregunta la policía extrañada.

—Sí, que vamos a celebrar que llevamos un mes juntos.

—Viaje de placer —dice la policía mientras pone cara de "la cantidad de cosas que tengo que oír en este trabajo".

La pelirroja mira al rarito desde la distancia y los dos se ríen de la situación.

—La verdad es que suena raro irse de viaje a Nueva York llevando un mes juntos —dice el rarito una vez que termina el control la pelirroja y vuelven a estar juntos.

—Esa chica tiene que estar acostumbrada.

—Sí, aquí tienen que ver de todo.

—¿Cuánta gente pasará al día por el control?

—Ni idea, pero seguro que bastante.

Han llegado con mucho tiempo al aeropuerto, así que pasan un par de horas hasta que embarcan. Los asientos del avión son grandes y la pelirroja puede recostarse sobre el rarito hacia la ventana. Les quedan seis horas para llegar así que sacan la *tablet* y se ponen a ver una comedia estadounidense de una pandilla de amigos que está ambientada en Nueva York.

Es la serie favorita de ambos. Otra de esas casualidades de la vida que hace que el principio de la relación parezca sacado de una novela de algún asesino en serie patológico que ha estudiado minuciosamente a su víctima. Ponen el capítulo en el que uno de los integrantes del grupo corre la maratón de Nueva York.

—Tenemos que ir al bar en el que está ambientada la serie —dice él.

—Totalmente —contesta ella mientras se recuesta un poco más sobre él para estar más cómoda.

Han llegado al JFK, que no da la impresión de ser el aeropuerto de la "capital del mundo". Al salir del avión y tras los típicos pasillos de aeropuerto llegan a la aduana, donde les espera una cola kilométrica. Al pasar el control el rarito está pendiente de la pelirroja, que se defiende peor con el inglés, pero no necesita ayuda. Con su desparpajo habitual se hace entender sin problemas con el hombre de dos metros que tiene que darle paso y que ha estudiado con cara de perplejidad la cantidad de gestos y palabras que ha ido disparando la pelirroja en los dos minutos que ha estado delante de él.

Al salir del control, buscan el tren que los llevará al metro para ir a Manhattan. Son las cinco de la tarde y quieren llegar pronto para aprovechar lo que les queda de día. Mientras el rarito intenta leer los carteles que hay a la entrada, la pelirroja ya se ha hecho amiga de una mujer operaria del aeropuerto que sale de turno y va hacia el tren igual que ellos.

—Ves, no necesito que me ayudes con el idioma —le dice al rarito mostrándose victoriosa.

—Eres muy nerviosa —le responde él.

—No tenemos tiempo que perder —le contesta ella.

En el primer tren ya se puede observar un ambiente típico que se parece al de las películas. Primero pasa pidiendo un vagabundo que no tiene nada que llevarse a la boca; después un grupo de chicos saltando por las barandillas y asientos libres; y terminan con un cantante con su guitarra que interpreta una canción melancólica de una banda sonora de los noventa.

Distraídos llegan a la estación en la que tienen que cambiar al metro que los llevará al centro de Manhattan. En ese momento la gente que se mueve por la estación se multiplica por tres y empieza a ser difícil moverse con las maletas. A duras penas consiguen llegar hasta el andén de la línea que los llevará al hotel. El metro tampoco es el mejor reclamo de la que se supone que es una de las ciudades más adelantadas del mundo. Cuando montan en el tren, se ponen lo más cómodo posible para pasar los siguientes cuarenta minutos hasta llegar a su destino.

Han cogido el hotel en el *Upper West Side*, en la parte que está pegando a *Central Park* para poder salir a correr por las mañanas. La calle que lleva del metro al hotel es una avenida típica, llena de tráfico y de comercios de comida rápida. Pasan por una hamburguesería de estilo americano, con camareros que podrían ser actores de cualquier película o serie americana. Desde la vidriera de cristal se ve una tarta de queso con una pinta espectacular.

—Aquí tenemos que venir luego a cenar —le dice el rarito a la pelirroja.

—¡Qué gordo eres! —le replica ella.

—¡Queso! —se defiende él con una sonrisa de oreja a oreja.

Pasan por la recepción del hotel, donde un hombre, de envergadura considerable y cara de pocos amigos, les explica cómo tienen que llegar hasta el ascensor para ir a la habitación.

La habitación es grande, pero no muy acogedora. Tiene una primera sala que hace de recepción con un sillón viejo que se hace cama, y una televisión sobre un mueble en el que está la nevera típica para refrigerios del hotel. La alfombra del suelo es un criadero de ácaros de varias décadas. Al fondo a la derecha hay una puerta que comunica con la habitación y ésta, a su vez, con el baño.

—Amplia es —dice el rarito.

—¡Mira! —le dice la pelirroja, que ya ha abierto todos los cajones de la cómoda.

En uno de los cajones hay una especie de máscara de carnaval con una pluma y un artilugio que no saben qué es. Ambos se miran y cierran el cajón mientras sonríen.

—Ese cajón ya no se abre más —le dice el rarito

—¡Ja!¡Ja!¡Ja! A saber la historia de esa máscara.

—Mejor no saberla.

Van camino del centro de *Manhattan*. Se han limitado a dejar las maletas en la habitación del hotel y se han puesto en movimiento. A pesar del cansancio que provoca el viaje, han llegado tan emocionados que quieren empezar de inmediato a ver cosas.

El rarito ha sacado la guía de viaje que le regaló la pelirroja para preparar las excursiones y han fijado el itinerario para ir. Como ya es de noche, han dejado la zona de *Central Park* para mañana por la mañana cuando haya más luz y bajan por la avenida en la que les dejó el metro hacia *Times Square*.

El paisaje no defrauda; hay edificios enormes en la dirección en la que mires. Las luces de los coches y el tráfico ponen de manifiesto que la actividad del día se alargará durante varias horas más. Pasan por una hamburguesería que en la guía venía anunciada por sus perritos calientes.

—Yo tengo hambre ya —le dice el rarito.

—Vamos a probar uno de esos perritos —le sigue ella.

Pasan y compran un perrito caliente para compartir, unas patatas y un agua.

—Está bueno —dice él.

—Normal —dice ella que siempre es más exigente para la comida.

—Me gustan las salchichas "plasticosas". —Sonríe él mientras da otro bocado.

Terminan la comida y continúan dirección hacia la zona céntrica de *Manhattan*. Han decidido pasar por la Quinta Avenida y el *Rockefeller Center* antes de ir a *Times Square* porque les viene mejor de itinerario. En la Quinta Avenida se encuentran una tienda enorme de la cadena de ropa española de la que es fanática la pelirroja.

—¡Mira! Es gigante.

—Sí, la verdad es que es grande la tienda ¿Quieres entrar?

—No, que aquí es más caro —dice ella mientras está revisando ya los precios de los escaparates.

—Llevamos tiempo.

—Tírame una foto con el letrero, que se la voy a mandar a mis amigas.

Hay gente por todos los rincones; ruido, luces, coches, y el humo típico que sale del suelo. El contraste es tremendo, con iglesias dentro de las grandes avenidas repletas de rascacielos. La mezcla cultural de la gente no sorprende dentro de la cantidad de gente que forma la marea humana en la que se ven arrastrados.

Continúan bajando por la Quinta Avenida hasta llegar a la zona de *Rockefeller Center* después de ver un espectáculo de luces navideñas de uno de los centros comerciales más antiguos de la zona. A duras penas consiguen pasar a ver la plaza del árbol de Navidad y la pista de patinaje típica de las películas. Van dentro de un río humano que les va llevando de un lado a otro para salir por el otro extremo de la plaza. La pareja consigue tirarse una foto casi en movimiento mientras son empujados a continuar por la manada de gente que llevan detrás.

Cuando llegan a *Times Square* la luz aumenta de intensidad si cabe. A pesar de que ya ha entrado la noche, las pantallas gigantes iluminan la ciudad que nunca duerme para que la gente pueda seguir aprovechando el tiempo. Pasan por el paso de cebra y piden a unos turistas españoles que les tiren la foto típica de la plaza mientras están cruzando.

Llevan cuatro horas paseando y han visto cumplido su sueño. Como si por fin se relajasen después de un mes de preparativos, se miran a los ojos y tienen una sensación de paz interna. Por primera vez desde que aterrizaron dejan de ir con prisa.

La pareja se besa y se funde en un abrazo en medio de la plaza del tiempo. Pasan un largo rato, disfrutando cada uno de la compañía del otro, mientras la felicidad les inunda por dentro y el tiempo se para en la plaza para ellos.

21

Central Park

Es un sueño hecho realidad. Un sueño compartido desde antes de conocerse que se cumple después de un mes planeándolo. Han madrugado, pese al cansancio, para ir a correr temprano por *Central Park*. Las ganas son más que las fuerzas, pero ambos están deseosos de llegar.

Corren por la calle del hotel hacia el parque. Las aceras no son muy anchas, pero sí lo suficiente para poder correr esquivando a los peatones que deambulan a esa hora de la mañana. Las casas son de estilo victoriano, con grandes escaleras en la puerta y muchas de ellas ya están decoradas para la Navidad. Cuando uno va por Nueva York todo suena a película de cine, incluso las casas de una calle secundaria de un barrio no muy conocido.

Cruzan un par de calles y una avenida algo más grande hasta llegar a la propia avenida que discurre paralela al parque. En los edificios que dan al parque han vivido estrellas de cine, actores, deportistas, … algo que a la pareja centrada en encontrar la puerta de acceso más cercana le pasa desapercibido.

Cruzan por un semáforo para bajar pegados a la valla del parque hasta que llegan a una de sus puertas de entrada. Nada más pasar se nota la majestuosidad, pues de frente se encuentran con el lago más grande del parque. El recorrido está lleno de gente que corre alrededor del parque ya desde primera hora de la mañana.

La pareja empieza a correr en dirección a la parte sur del parque que es la más conocida. Cruzan por un túnel una de las avenidas que atraviesa el parque, a ritmo tranquilo. Se empapan del ambiente del parque, disfrutan de la vista de los rascacielos que contrastan en el fondo con las primeras luces del día.

Hace algo de frío, especialmente para ellos acostumbrados al clima cálido de Almería, pero se está a gusto. Los dos llevan guantes para correr. El rarito se ha puesto un gorro, mientras que la pelirroja usa una braga para calentarse la cabeza y dejar fuera el moño con el que corre siempre.

En uno de los giros que hacen hacia la izquierda se encuentran con unas escaleras que suben a paso ligero. El rarito se viene arriba y empieza a imitar a un famoso boxeador de ficción; "el sueño americano". Suben hasta un castillo y desde ahí contemplan un lago más pequeño, que aun así seguiría siendo de dimensionas enormes para un parque normal.

Después de tirarse un par de fotos, continúan su camino hacia el sur atravesando una segunda avenida que corta el parque de forma horizontal. Aparece un tercer lago enorme. El agua siempre ayuda a que la imagen de la naturaleza sea más espectacular. Entre los árboles cruzan un par de ardillas típicas de las postales más comunes del parque.

Tras treinta minutos de carrera que han pasado sin prácticamente darse cuenta, llegan a la parte del parque que pega con la Quinta y la Séptima avenida. Desde aquí, los rascacielos están tan cerca y son altos, que es difícil mirar hacia el cielo y ver el final de estos. Destacan las vistas de un hotel antiguo, típico de película, al que en ese momento están restaurando la fachada.

Llegan a unos lagos más pequeños, pero que están resguardados entre los árboles. Un pequeño oasis que contrasta con el resto de la ciudad en la que se encuentran. La pareja deja de correr y baja por la escalera hasta la altura del lago. Se paran y contemplan juntos la estampa. Giran la cabeza y se miran uno a otro, absortos por el paisaje.

—Es precioso —dice ella.

—Ha merecido la pena —contesta él.

Se besan y se funden en un abrazo bajo la sombra de los rascacielos que aún no permiten que salga el sol.

Al rato reanudan la carrera, pasan corriendo por la calle que atraviesa la entrada del zoológico. Giran hacia la izquierda y pasan al lado de la pista de patinaje.

—¡Tenemos que venir a patinar! —dice la pelirroja.

—Yo no sé —le responde el rarito.

—Yo te llevo —dice ella.

—¿Seguro?

—Sí, yo patino muy bien.

—La pista es más grande que la de Rockefeller.

—Sí, y más bonita. No tiene el encanto de la otra con el árbol y debajo de un rascacielos, pero con la cantidad de gente que había ayer, es mejor patinar aquí.

—Las vistas de los rascacielos al fondo le dan un toque diferente.

—Decidido, luego venimos antes de ir a pasear por la ciudad.

Al terminar la carrera pasan por un supermercado de camino al hotel. Compran unos *bagels* de diferentes sabores, algo de embutido, queso y leche. En la puerta del hotel pasan por la cafetería que está justo enfrente y compran un café expreso doble para la pelirroja. El precio del café es prohibitivo.

Suben a la habitación, se duchan y van desayunando mientras se cambian de ropa. La carrera les ha abierto el apetito y van devorando los alimentos a gran velocidad.

—Están buenos los *bagels* estos —dice el rarito.

—A mí no me gustan mucho —le replica la pelirroja.

—Están dulces.

—Y fríos. Si al menos tuvieran el queso caliente.

—Estos de canela están muy buenos.

—No me gusta la mezcla con el gusto salado del embutido.

—¿Y el café?

—Está bueno, pero es increíble lo que cuesta.

—En Almería te habían dado el café y una tostada por ese precio.

—Es muy intenso de sabor.

—Si quieres otro día podemos desayunar fuera.

—No me quiero imaginar el precio —replica la pelirroja.

—Y llegamos muertos de hambre de la carrera.

—La cafetería de enfrente no tenía mucha variedad para desayunar.

—Pues nada, desayunaremos en la habitación todos los días, que ahorramos, podemos comer lo que queramos y vamos más rápido.

Se visten con bastante ropa, por capas para poder ir poniéndose y quitándose abrigo a lo largo del día. Van cómodos. El rarito se ha puesto pantalones vaqueros y zapatillas deportivas y la pelirroja las mallas de cuero que llevaba el día que cenaron en su casa por primera vez y unas botas de tacón ancho para poder andar durante largo rato.

Han cogido el metro hasta el principio de *Central Park* para aprovechar más el tiempo. En esta ocasión entran al parque como turistas habituales en lugar de como corredores madrugadores.

Van hasta la pista de patinaje y sacan sus entradas, junto con el alquiler de los patines y de la taquilla donde guardar la mochila y los abrigos. Nada es barato en Nueva york, pero al menos no tiene el precio de la pista de *Rockefeller Center*. El precio le resulta incluso razonable a la pareja.

Llegan al exterior de la pista que está abarrotada de niños que van de un lado a otro sin seguir ninguna dirección ni sentido aparente. Al rarito la escena le causa pavor.

—Vamos —dice la pelirroja mientras se lanza al centro de la pista a una velocidad que al rarito le parece de récord del mundo.

—A ver hasta donde llego —le responde el rarito mientras entra en la pista agarrado a la valla sin poder soltarse del todo.

La pelirroja surca la pista de patinaje de un lado a otro disfrutando de las vistas del parque, los rascacielos, los árboles, el entorno resulta paradisiaco. El rarito a duras penas consigue levantar la vista del suelo. Él ve los rascacielos en el reflejo del hielo.

—¡Qué chulo! —le dice la pelirroja.

—A ver si consigo separarme de la barandilla —le responde él.

—Ven —le contesta ella mientras le coge de la mano.

Empiezan a patinar. Ella marca el ritmo, mientras él usa la mano de ella para conseguir mantener el equilibrio al mismo tiempo que van dando la vuelta por la pista.

—Muy bien —dice ella con un optimismo exagerado.

—Creo que estoy sudando de los nervios —le responde él.

Dan unas cuantas vueltas juntos hasta que el rarito va cogiendo soltura. En una de esas vueltas, él se va al suelo, es capaz de soltar la mano de la pelirroja y cae solo con el culo golpeando el hielo.

—Duele —le dice a la pelirroja mientras se ríe.

—Venga que cada vez lo haces mejor —intenta animarle con una nueva verdad a medias.

Dan otro par de vueltas, el rarito vuelve a perder el equilibrio y esta vez no es capaz de soltar la mano de la pelirroja cayendo los dos al suelo de rodillas.

—Lo siento —dice él.

—No pasa nada —responde la pelirroja sonriendo.

—A ver si te voy a lesionar.

—No te gustaría que tuviese que dejar de correr —le amenaza ella.

—Y menos cuando podemos salir por *Central Park*.

Después de unos minutos más patinando juntos, el rarito pide un tiempo muerto y sale a los bancos a descansar. La pelirroja aprovecha para salir a la pista y dar unas cuantas vueltas ella sola.

Contempla la imagen de la pelirroja patinando como si estuviera bailando por la pista sin importarle la cantidad de gente que se cruza en torno a ella. El color de su pelo contrasta con el blanco de la pista y con el negro de su vestuario; de fondo el color verde de los árboles de Central Park, los rascacielos grises y el cielo azul. La imagen queda grabada en la retina del rarito que se siente afortunado de estar allí con ella, mientras la ve moverse de un lado a otro de la pista.

Cuando terminan de patinar compran un perrito caliente y un pepito de ternera en un puesto ambulante y vuelven dentro del parque para comérselo. Se van junto a uno de los lagos pequeños que vieron esta mañana de los que están justo al lado de la entrada sur del parque.

Se sientan en unas gradas que rodean a uno de los lagos. Se ve un puente de madera que cruza uno de los extremos. El lago está lleno de patos y hay también algún cisne. En ese rincón no hay mucha gente y se está bastante tranquilo para comer.

Pasa una pareja de adolescentes que van dados de la mano mientras pasean sin ningún rumbo, después pasa un hombre corriendo y más tarde una familia con un carrito de bebé.

—Me encanta la diversidad de las ciudades grandes —le dice el rarito—. Si te quedas un rato sentado aquí puedes ver personas de lo más vario pinto.

—Eso es porque eres raro —le dice ella.

—Todos somos raros —le contesta él mientras sonríe.

La pelirroja ve su sonrisa y no puede dejar de sentirse afortunada por estar allí con él. ¿Quién se lo iba a decir hace unos días cuando quería echarle de su lado para que no la acompañase con la bici?

22

Una carrera inesperada

Por la tarde han ido a pasear por la zona sur de la isla. Primero van al nuevo *World Trade Center* al que llegan por la estación de metro diseñada por un afamado arquitecto español. El diseño les resulta familiar, pues ambos conocen la zona que este mismo arquitecto hizo para Valencia en la Ciudad de las Artes.

Salen y ven la nueva torre de cristal rodeada por otras de un tamaño menor. Ven el memorial del 11—S y quedan impresionados. El silencio que hay entorno al lugar a pesar de la cantidad de personas que se congregan en la zona es sobrecogedor.

Pasean juntos de la mano, observando en silencio todo el conjunto arquitectónico. Como todo en Nueva york es un continuo contraste, con la mezcla de turistas y de gente que trabaja en la zona; los rascacielos y los parques; el bullicio de la ciudad y el silencio de la zona del monumento.

Desde ahí se adentran en la zona del distrito financiero, donde han contratado un tour gratuito para que les expliquen la historia y los detalles de la ciudad. El punto de encuentro para la visita guiada está en la escultura del toro de *Wall Street*.

Al llegar ven una larga fila de turistas que hace cola para tocar los genitales de la estatua del animal, en una tradición típica similar a la de casi cualquier ciudad con una estatua que tenga algo sexual que poder tocar. La pareja se mira sorprendida y ambos tocan el lomo de la estatua del toro al pasar hacia la plaza que se encuentra al otro lado.

La visita guiada empieza viendo la Estatua de la Libertad desde los muelles de Manhattan.

—Nada espectacular —le dice la pelirroja al rarito que está absorto viendo la silueta de la pelirroja sobre las vistas del horizonte.

—No podría estar en un sitio mejor dice él —mientras le coge la mano a la pelirroja que se ruboriza y le mira intentando adivinar que tiene dentro de la cabeza.

Pasan por unos bares típicos de la zona y toman un rollo de langosta, para acabar llegando al Puente de Brooklyn donde les cuentan su historia. Está abarrotado de gente sacando fotos con los rascacielos de Manhattan de fondo.

Sin darse cuenta se ha hecho tarde. Han quedado para cenar con el amigo del rarito que vive en Nueva York, el ingeniero, y su familia. La novia del ingeniero ha reservado mesa en un restaurante gallego que está por *Little Italy* para cenar juntos, pero tenían que ir en el primer horario que empieza a las cinco de la tarde. El segundo turno estaba totalmente reservado.

—Es un poco raro cenar a las cinco de la tarde y en un restaurante gallego —le dice la pelirroja.

—¡Ja!¡Ja!¡Ja! totalmente —le reconoce el rarito—. Pero lo importante es la compañía.

—¿A qué hora hemos quedado?

—A las cinco.

—Son menos cuarto —dice ella.

—Se nos ha ido el santo al cielo. Voy a mirar que metro o autobús coger.

—Yo prefiero ir andando —le protesta ella.

—No nos va a dar tiempo.

—Entre que esperamos el transporte vamos a tardar lo mismo. Mira a ver cuánto se tarda andando.

—Treinta y dos minutos —le dice él mientras consulta en la aplicación de mapas del móvil—. Llegaríamos un poco tarde y sabes que lo odio.

—¿Y si vamos corriendo?

—¿En serio?

—Claro.

—Vamos vestidos de calle.

—Es ropa cómoda.

—Llevas tacones.

—Yo soy capaz de correr con tacones.

—Llegaremos sudados.

—Hace frío y podemos correr despacio. Tendremos que llevar los abrigos en la mano.

—Estás loca.

—Será divertido. ¡Vamos! —dice mientras le coge la mano y empieza a correr.

Echan a correr en dirección al restaurante en el que han quedado con el móvil en la mano para que les vaya marcando el camino más rápido.

—Izquierda —le dice el rarito al llegar a un cruce, mientras le coge la mano a la pelirroja para torcer.

Van corriendo por la calle Broadway que está llena de escaparates a uno y otro lado. El tráfico es intenso a esa hora de la tarde y también hay bastante gente paseando a la que tienen ir esquivando mientras se abren paso.

—Mira que iglesia tan bonita con los rascacielos detrás.

—Tira una foto corre —le dice la pelirroja.

La pareja se para un segundo, el rarito coloca el móvil en posición de *selfi* y se tiran una foto.

—Corre, no pares —le dice la pelirroja mientras vuelve a arrancar.

La imagen de la pelirroja corriendo con las botas y el abrigo colgado de la mochila hace que el rarito esboce una sonrisa. En esta ocasión lleva el pelo suelto que va ondeando de un lado a otro con cada zancada que da.

—No sé para qué gastas dinero en ropa de deporte —le grita a la pelirroja.

—Ya te dije que soy capaz de correr con tacones.

El semáforo de la calle que tienen que cruzar ahora se pone en rojo. El rarito ve un edificio bonito al fondo rodeado por un parque.

—Ponte —le dice mientras vuelve a colocar el móvil en posición para tirarse una foto.

—¿Cómo vamos? —le pregunta ella.

—Ahora mismo llegaríamos cinco minutos tarde. Hemos recuperado bastante.

—Pues sigue —le dice ella mientras echa a correr al ponerse el semáforo en verde.

—Gira a la derecha y vamos por el otro lado del parque.

Ahora suben por una calle que hace una ligera curva durante unos minutos hasta que llegan a la zona de *Chinatown*. En este punto el gentío es mayor y las aceras más estrechas.

—Es difícil correr —le dice ella.

—Ya estamos llegando —responde él.

—¿Cómo vamos?

—Ya llegamos en hora.

—Te lo dije —responde ella.

—Relaja el ritmo y terminamos andando.

—Ha sido muy divertido —dice ella.

El rarito la coge por el brazo y la gira media vuelta para que quede mirando hacia él.

—Cuando me dijiste que correríamos todos los días por Nueva York no imaginaba esto.

—Yo tampoco —le reconoce ella.

—Me lo he pasado genial. Es increíble correr por la ciudad.

—A mí me encanta hacer deporte así.

Le da un abrazo y un apasionado beso frente a una pastelería italiana con un escaparate lleno de *canolis*.

—Cuando salgamos de merendar nos tomamos aquí un *canoli* —le dice la pelirroja.

—No los he probado nunca —responde el rarito.

—Yo los tomaba mucho cuando vivía en Italia. Son un postre muy típico.

—Pues luego me lo enseñas —le dice él mientras intenta imaginarse la vida de la pelirroja en Italia.

—Mira, el restaurante español.

—Hemos llegado dos minutos pronto. Vamos pasando y vemos si están dentro.

Cuando terminan de cenar con el ingeniero y su familia, la pareja retoma su ruta.

—¿Dónde vamos ahora?

—Podemos ir al Soho a una de las terrazas desde las que se ven las vistas de los rascacielos iluminados.

—Genial —dice ella —¿Vamos corriendo?

—¡Ja!¡Ja!¡Ja! No creo que sea necesario. Pilla un poco lejos, pero como no tenemos prisa podemos subir andando.

—Perfecto. También me gusta andar.

—Así aprovechamos y vemos el Soho. Podemos pasar por el edificio *Flatiron* que es muy típico.

La pareja se mira y sonríe. Se sienten afortunados; felices. Lejos de los miedos de hace unos días en Almería.

23

El Empire State Building

Los días en Nueva York han sido maravillosos. Han salido a correr todas las mañanas por Central Park, y se conocen ya todos los rincones del parque. Han ido a ver un partido de hockey hielo al *Madison Square Garden*. La pelirroja pensaba que no le iba a gustar, porque no es muy de deportes, pero el partido fue un espectáculo más que un evento deportivo.

No fue como en España donde la gente del equipo local empieza a cabrearse si la cosa no va bien. En el Madison la gente es parte del espectáculo. La pareja se compró un cojín con forma de mano y coreó el *Let's go Rangers* como si se jugasen la vida en el duelo sobre la pista. El equipo de Nueva York perdió, pero aun así se cantó y se bailó cada gol como si fuera la felicidad de toda la grada en ello.

Han ido a un restaurante de *Broadway* donde, además de degustar una hamburguesa típica, vieron como los camareros cantaban y bailaban por encima de las mesas con música de películas de toda la vida, actuando con una pasión digna del mejor teatro de la zona.

Han estado en la taberna que sirvió de inspiración para su serie favorita, mientras devoraban otra hamburguesa que bien podría ser la mejor de Nueva York y no haría falta buscarla en otro sitio.

Han dado largas caminatas por las grandes avenidas de Nueva York, que ya resultan para la pareja tan conocidas como si llevasen toda una vida paseando por las mismas entre los millones de personas y coches que te llevan sin poder elegir camino.

Los días han pasado volando y la pareja se ha olvidado por completo de que tienen que volver a Almería y de las preocupaciones de la pelirroja sobre su posible relación y que ocurriría si fuese mal. La felicidad ha llenado cada momento del viaje mientras disfrutaban de la isla.

Van a subir al edificio *Empire State* para terminar su visita a la ciudad. El rarito se ha puesto su chaqueta de *Spiderman* para la visita.

—¿Sabes que Mary Jane es pelirroja?

—¿Y esa quién es?

—La novia de Spiderman —le contesta él.

—Que friqui eres.

—Estaba predestinado que tuviera una novia pelirroja —le dice él.

—No te lo crees ni tú —le responde ella.

—Ni tú, la suerte que tienes de subir con Spiderman —le responde mientras guiña un ojo.

Después de hacer la fila para entrar al edifico llegan al vestíbulo donde está el ascensorista preparado para guiarles a las plantas superiores. Lleva el abrigo gris, azul y rojo de las películas.

—¿Nos podemos tirar una foto con usted? —le dice la pelirroja en español mientras gesticula con las manos.

—Yes, Ok —le responde el hombre que parece haber entendido perfectamente lo que quería.

Se toman la foto y montan en el ascensor que está ambientando con pantallas que simulan el movimiento a la vez que van avanzando plantas. Llegan a un piso en el que tienen que cambiar de ascensor. En el camino para cambiar hay varias maquetas a la vez que dibujos y viñetas que muestran la historia del edifico y de su paso por el cine y por la historia de la ciudad.

Después de tirarse una foto junto a una estatua de King Kong, llegan hasta una maqueta en la que está Spiderman en el edifico.

—Vamos a tirarnos una foto allí —le dice el rarito.

—En serio. —Piensa la pelirroja en voz alta.

Él se quita el abrigo y deja su chaqueta de *Spiderman* a la vista, mientras le pide a una turista que pasa por allí que les tire una foto. Después de tirarles la primera foto, la turista les hace un gesto para que se junten más y aprovecha para dar un beso a la pelirroja.

—La novia pelirroja de Spiderman. Te lo dije.

—Estás fatal —le dice ella mientras sonríe y le mira con ojos de felicidad.

—Venga. Vamos a seguir subiendo.

Toman un segundo ascensor y llegan hasta la zona de la terraza. Al abrir la puerta entra un frío invernal desde el otro lado. El rarito vuelve a cerrar.

—Ponte el abrigo antes de salir, que estamos muy altos y sopla viento.

Le hace caso y se abriga antes de salir a la terraza. Las vistas desde el edificio son increíbles. Empiezan dando la vuelta por la parte que mira hacia la parte financiera de la isla. Las vistas son un enjambre de edificios que se unen unos con otros y que se colocan por toda la isla sin dejar prácticamente espacios libres.

—Las vistas son espectaculares, pero yo prefiero las que vimos desde la terraza de noche.

—Son diferentes —le responde el rarito.

—Y se veía este edificio iluminado.

—Sí, eran impresionantes. Vamos al otro lado, que seguro que te gusta más.

Llegan a la zona de la terraza que mira hacia el norte, donde detrás de una primera capa de rascacielos se alarga *Central Park* hacia el horizonte. La pelirroja se apoya sobre la barandilla mirando el parque.

—¡Qué bonito es! —dice mientras nota como el rarito le abraza por detrás.

—Es precioso. Han sido unos días maravillosos.

—He sido muy feliz —le reconoce ella.

—Me encantaría que esto siguiera así.

—A mí también.

—¿Quieres ser mi pareja? —le pregunta finalmente el rarito.

—Sí, quiero —le responde ella.

Le da la vuelta y la besa en la boca, sin prisa, recordando cada uno de los días que han pasado juntos desde que se perdieron con la bicicleta. La pelirroja le mira a los ojos con cara de felicidad. Finalmente ha decidido correr el riesgo de quedarse con el rarito.

Epílogo

Esta sentada en una mecedora viendo el amanecer en la bahía de San José desde lo alto de la terraza. Parece que será un bonito día de otoño pues hay pocas nubes en el cielo. Le recuerda al día que se perdieron.

Unas gaviotas pasan volando por encima de ella en dirección al mar mientras sueltan unos graznidos. Uno de los dos perros que están en sus pies levanta una de las orejas y abre un ojo intentando ver de dónde viene el ruido. Ella le calma con la mano.

Coge el libro que tiene encima de la mesa y que recientemente ha vuelto a leer. Se lo escribió él para su segundo aniversario. Siempre fue un desastre con las citas y los regalos, pero de vez en cuando tenía la capacidad de sorprenderla.

Todavía recuerda el vídeo de su cumpleaños en París, las mañanas de reyes repletas de regalos o cuando aparecía por casa con un potenciómetro o un rodillo inteligente para mejorar el entrenamiento. "¡Qué cuadriculado era!" piensa mientras sonríe. Todavía no le ha perdonado que su primer aniversario lo celebrasen en un bar cutre de Roquetas. "Donde mejor se come" siempre respondía el rarito cuando le sacaba el tema. "Las cosas tienen que ser bonitas" le replicaba ella en tono de reproche.

Han sido sesenta maravillosos años juntos: recorriendo el mundo, haciendo deporte, compartiendo cada momento, ... hasta hace no mucho seguían yendo a todos los sitios a pesar de la edad. El deporte les mantuvo fuertes y ágiles para seguir exprimiendo cada segundo de vida.

Mira la portada del libro y recuerda la primera vez que lo leyó. Sigue tan enamorada como lo estuvo desde el momento en el que se perdieron. ¿Quién les iba a decir que en lugar de perderse se estaban encontrando? Ha sido una vida de película romántica. Lo que siempre quiso y finalmente encontró de la forma menos pensada y con la persona que no esperaba.

"Mi rarito" piensa ella mientras mira al cielo y aprieta el libro contra su pecho.